Groeten uit Benidorm

Hendrik Groen

Groeten uit Benidorm

ROMAN

MEULENHOFF

ISBN 978-90-290-9803-8
ISBN 978-94-023-2086-2 (e-book)
NUR 301

Omslagontwerp: DPS Design & Prepress Studio, Amsterdam
Omslagbeeld: Sylvia van Schie
Letterbeeld auteursnaam: Ingrid Bockting
Zetwerk: Pier Post

‘Als ik mijn riem afdoe, zakt mijn broek van mijn kont.’

‘Als u uw riem niet afdoet, komt u niet door de controle, meneer.’

Joop Elzinga zuchtte diep en keek de beveiliger bijna smekend aan. Deze was niet onder de indruk: hij keek naar Joop alsof hij uitkeek over zee.

‘Ik zei toch dat je beter bretels om had kunnen doen,’ klonk de stem van Joops vrouw Hannie achter hem.

‘Dat heb je helemaal niet gezegd.’

‘Jawel, maar je was weer eens zogenaamd doof, vanochtend.’

‘In bretels zit toch ook metaal. Gaat-ie toch ook af.’

‘Uw schoenen moeten ook uit,’ zei de beveiliger.

‘Jezus, wat een gedoe.’ Joop werd steeds zenuwachtiger. ‘Sinds wanneer is dit allemaal?’

‘Sinds een jaar of twintig, meneer. U bent zeker een tijdje niet op reis geweest,’ zei de beveiliger onverstoorbaar.

Een lichte zweetgeur verspreidde zich door de ruimte: Joop had zijn schoenen uitgedaan. Hij hield ze in zijn hand en wilde ermee door de scanner lopen. De beveiliger stuurde hem terug om ze in een bak te doen. Op de band was inmiddels geen plaats meer, dus Hannie begon de bakken die erop stonden achteruit te duwen om plaats te maken voor de extra bak voor de schoenen van Joop. Dat viel nog niet mee, want de band liep intussen door. Uiteindelijk verdwenen ook de schoenen van Joop door de slierten voor de ingang van de bagagescanner.

Vijftien meter verderop stonden hun vrienden Theo en Cobie te zwaaien.

'Joehoe... wij gaan vast koffiedrinken. Zien we jullie daar.'

Cobie deed alsof vliegen voor haar de gewoonste zaak van de wereld was, terwijl ze vijf jaar geleden voor het laatst op Schiphol was geweest en dan nog alleen om haar dochter, schoonzoon en twee kleinkinderen uit te zwaaien.

De scanner piepte toen Hannie erin ging staan met haar armen omhoog. Ze was vergeten haar broche af te doen. Joop zuchtte nog maar eens. Toen hij er even later zelf in stond en zijn armen omhoog moest doen, gleed zijn broek half van zijn kont.

Waar ben ik aan begonnen? vroeg hij zich af.

Het was druk in de enorme hal na de bagagecontrole en het duurde drie telefoontjes voor ze Theo en Cobie in een hoekje van de Starbucks hadden gevonden.

Joop werd eropuit gestuurd om koffie te halen en na twintig minuten was hij eindelijk terug.

'Ik hoop dat-ie lekker smaakt, want vier koffie is hier tweeëntwintig euro.'

'Tjonge, daar drink ik thuis een hele maand koffie voor,' rekende Cobie uit.

'Heb je gezien dat ze hier drieënhalve euro voor een flesje water vragen?' zei Hannie verontwaardigd. 'Zo'n flesje kost bij de Lidl vijftien cent. Dat is meer dan twintig keer zo duur! Wat een oplichters hier.'

'Kom op mensen, we gaan lekker naar Benidorm, kan ons die paar rotcenten schelen,' probeerde Theo de stemming erin te houden.

'Wat een klere-end lopen. Volgens mij ben ik al bijna in Rotterdam,' klaagde Joop even later op weg naar gate D57. Zijn vrouw hoorde hem niet, want ongemerkt had hij haar inmiddels op ruime achterstand gezet.

'Ik ben bloednerveus,' zei Hannie toen ze even later bij de gate naast Theo was neergeploft.

'Heb je vliegangst?' vroeg Theo.

'Nee, natuurlijk niet.'

'Nou, zo natuurlijk is dat niet, hoor,' zei Cobie, 'ik heb er zelf geen last van, maar er zijn zat mensen die helemaal niet van vliegen houden. Die gaan nog liever met de trein naar Australië dan dat ze gaan vliegen.'

'We gaan gelukkig niet naar Australië, we gaan naar Spanje,' zei Theo.

'Je kan helemaal niet met de trein naar Australië,' wist Joop, 'over aardrijkskunde hoef je mij niks te vertellen.'

'Ik maak me gewoon zorgen om Basje,' zei Hannie bedrukt, 'helemaal alleen in zijn kooi.'

'Ja, die miauwt nu vast de hele boel bij elkaar,' haakte Theo in op de zorgen van Hannie, 'en misschien moet-ie wel overgeven van de zenuwen.'

'Lekker, Thé, maak het nog effe wat erger voor Han,' zei Cobie.

Maar Theo liet zich niet ontmoedigen. 'Als-ie maar niet in zijn kooi poept, want dan stinkt straks alle bagage naar kattenstront. Ik snap niet waarom hij niet gewoon met ons mee het vliegtuig in mocht. Een kat is toch geen ruimbagage?'

Het ontging Theo volkomen dat Hannie het steeds meer te kwaad kreeg.

Ze zuchtte lang en diep. 'De kooi was te groot, ik had niet die kooi mee moeten nemen, maar de reistas. Wist ik veel dat ze zo moeilijk zouden doen hier?'

* * *

Afgelopen december, tijdens het kerstdiner, was het plan geboren.

Hannie en Joop hadden die avond drijfnat bij Cobie en Theo aangebeld. De tocht in de regen achter op de brommer had de kerstjurk van Hannie geen goed gedaan. Joops zondagse broek zat onder de modder omdat hij vloekend zijn Zündapp overeind had moeten hijsen nadat de standaard in de zachte prut van de voortuin was weggezakt en de brommer was omgevallen.

De eerste tien minuten na binnenkomst werden besteed aan gemopper op het Nederlandse klimaat.

'Ik haat december,' zei Hannie uit de grond van haar hart. 'En november nog meer!'

'Nou, in januari en februari is het anders ook geen pretje, hoor, met al die sneeuwtroep,' zei Theo, 'pas in de lente leef ik weer een beetje op. Als die tenminste niet ook herfstig is.'

Theo en Hannie vulden elkaar, wat klagen over het weer betreft, graag aan in de overtreffende trap. Cobie sputterde nog wat tegen over gezellige feestdagen, kaarsjes en lekker eten, maar ze werd genegeerd. Joop zweeg.

'Leuke jurk heb je, Han,' zei Cobie opgewekt. 'Ik zag hem toevallig vorige week bij de Zeeman hangen. Ik had hem bijna zelf ook gekocht, maar ik vond hem voor mij net een beetje té, met die glimmende pailletten. Dat zou grappig geweest zijn, hè, allebei dezelfde jurk.'

'Ja, leuk is-ie toch? En voor weinig,' beaamde Hannie.

'En hij maakt je slank,' mompelde Joop.

Hannie keek hem vernietigend aan.

'Wie wil er nog een pasteitje?' vroeg Cobie en ze keek het kringetje rond.

Dat wilde iedereen wel.

'Wist je dat Belinda en Sjon nu in Spanje zitten?' vroeg Cobie toen ze aan de koffie zaten.

Ja, dat wisten ze maar al te goed, want Belinda, de buurvrouw van Theo en Cobie, had iedereen de afgelopen dagen bestookt met appjes met foto's van het buffet in hotel Playa del Luz in Benidorm. 'Het is hier heerlijk,' schreef ze er steevast onder. 'En lekker weer.' Bij haar laatste appje had ze een foto meegestuurd van een dikke, bleke Sjon in zijn zwembroek op een verder verlaten strand.

'Het is er regelmatig dik twintig graden,' wist Cobie te vertellen, 'zou dat nou eigenlijk niks voor ons zijn?'

'Wat zal zo'n reisje wel niet kosten?' vroeg Theo zich hardop af.

Cobie vertelde dat Sjon haar had voorgerekend dat hun vakantie in Benidorm bijna gratis was, omdat ze via een bureau hun huis twee maanden voor veel geld onderverhuurden aan Japanners.

'Aan Japanners?'

'Ja, het stikt hier in Amstelveen van de Japanse bedrijven. Het schijnt dat die niet graag met Nederlanders werken. Ze laten soms voor een paar maanden hun eigen mensen komen, en die wonen dan liever in een huis dan in een hotel. En ze betalen er goed voor.'

Nadat Cobie Hannie ervan overtuigd had dat Japanners niet voor vieze etensluchtjes zorgen die in de gordijnen gaan zitten, tuitte Hannie nadenkend haar lippen en zei: 'Mij lijkt het wel wat. Misschien moet jij van de week eens bij zo'n verhuurbureau langsgaan, Joop. En dan neem je Theo mee.'

'Ik hoef niet zo nodig naar Spanje,' sputterde Joop tegen.

'Is toch lekker, twee maanden zon in plaats van regen en sneeuw. Zeker als het weinig kost.' Hannie had haar zinnen duidelijk op een overwintering gezet.

'Maar je wil Basje toch niet twee maanden in een asiel stoppen?'

Joop dacht een nooduitgang gevonden te hebben, maar Cobie wist beter.

'Katten mogen gewoon mee. Belinda en Sjon hebben hun hond ook meegenomen. Ik vind het wel een leuk idee, dat overwinteren. We kunnen het toch uitzoeken? Nee heb je en ja kan je krijgen.'

Toen ook Theo instemmend knikte, wist Joop dat tegensputteren geen zin had.

* * *

Joop had sinds die kerstavond het woord Spanje angstvallig gemeden, maar het had niet mogen baten.

'Heb jij Theo nou al gebeld?' vroeg Hannie drie dagen na het kerstdiner. Joop zat over de krant gebogen.

'Waarover?'

‘Over Spanje natuurlijk. Over dat bureau dat onze huizen moet gaan verhuren.’

‘Nee, daar ben ik nog niet aan toegekomen.’

‘Niet aan toegekomen? Wat heb je dan allemaal voor belangrijks te doen gehad?’

Joop kon zo snel niets bedenken.

‘Morgen dan,’ besloot Hannie.

Een week later liepen Theo en Joop naar de ingang van een onopvallend kantoorgebouw aan de rand van Amstelveen. Ze meldden zich bij een receptioniste op de begane grond.

‘Goedemiddag, wat kan ik voor u doen?’

De mannen keken elkaar aan. Ze hadden zich niet zo goed voorbereid op deze expeditie en waren zenuwachtig. Theo knikte onzeker naar Joop, waaruit deze opmaakte dat hij iets moest gaan zeggen.

‘Eh... we hebben een afspraak met een bedrijf dat huizen verhuurt aan buitenlanders. Dat zou volgens een kennis van ons in dit gebouw zitten.’

‘HBE Housing bedoelt u? Dat kunt u vinden op de zesde etage.’

Ze boog zich weer over het toetsenbord van haar computer.

‘En, eh... waar is de lift, mevrouw?’

Ze keek licht verstoord op.

‘Vlak achter u.’

Op de zesde verdieping stapten ze de lift uit en keken zoekend rond, tot Theo een bord ontdekte met een pijl eronder: HBE Housing was rechtsaf de gang door.

Even later stonden ze opnieuw voor een balie met receptioniste.

‘Goedemiddag heren, wat kan ik voor u doen?’

'Nou, eh... het zit dus zo,' legde Joop hakkelend uit, 'we hebben een afspraak. We willen graag volgend jaar, tenminste, eh... nee, feitelijk dit jaar nog, overwinteren in Spanje. Dus nou willen we van half november tot half januari, twee maanden dus, onze huizen verhuren aan buitenlanders. En we hadden van Belinda dit bedrijf doorgekregen.'

Theo, die zich veilig achter Joop had opgesteld, knikte.

'U wilt uw huis tijdelijk verhuren aan expats. Dat kan. Ik roep even een collega. Neemt u intussen plaats.' Ze wees op een zitje naast de balie.

Theo en Joop namen plaats.

'Ik zit nog liever bij de tandarts, ik word hier heel zenuwachtig van,' fluisterde Theo.

'En dan heb jij nog geeneens je mond opengedaan, dus wat denk je van mij?' antwoordde Joop zacht.

'Je deed het hartstikke goed, Joop. Ze begrepen het in ieder geval meteen.'

Even later werden ze opgehaald door een jongeman in een keurig pak met stropdas en twintig minuten later stonden ze opgelucht weer buiten.

'Nou, dat ging wel aardig, geloof ik,' zei Theo.

'In ieder geval staan we ingeschreven,' bromde Joop.

De zakelijke maar vriendelijke jongeman had alle benodigde formulieren voor ze ingevuld. Ze moesten alleen nog een kopie van hun paspoort aanleveren en dan zou het, in de woorden van de medewerker van HBE Housing 'na een inspectie van de te verhuren woonruimte in de meeste gevallen tot een tijdelijk verhuurcontract komen'.

Theo had aarzelend gevraagd hoeveel ze per maand zouden krijgen.

De man had geantwoord dat ze bij een huis van circa honderd vierkante meter moesten denken aan twaalf- tot veertienhonderd euro per maand.

De oogjes van Joop en Theo begonnen te glimmen.

Dat zou in elk geval een goedkope overwintering worden.

* * *

Een paar maanden later zaten Joop en Theo in de druilerige voorjaarsregen aan de slootkant, elk onder een eigen visparaplu, regenpak aan.

'Slecht weer bestaat niet, alleen slechte kleren en slechte paraplu's,' merkte Joop op. 'En als het regent, bijten ze ook beter.'

Dat zei hij al twintig jaar bij ieder buitje.

'In wezen ben jij een optimist, Jopie,' analyseerde Theo, 'maar ik zie dat eigenlijk alleen bij het vissen. Jij verwacht altijd een snoek van een meter aan je haak te krijgen. Is het niet vandaag, dan toch zeker wel morgen.'

'Als je denkt niks te vangen, kan je beter niet gaan vissen,' vond Joop.

'Jij bent een beetje de Johan Cruijff van de vissers,' zei Theo bewonderend.

Ze zwegen een tijdlang en tuurden naar hun dobbers. Theo schonk koffie uit een thermoskan en Joop haalde een boterham met kaas uit zijn trommeltje.

De regen maakte kringetjes in het water.

'Als ik heel eerlijk ben, ga ik ook vissen om niet thuis te hoeven zijn,' bekende Joop, 'thuis komen de muren op me af.'

'Ik vind vissen gezellig, maar thuis is het ook gezellig,' zei Theo.

Er kwaakte een eend, daarna was het weer stil.

Na een paar minuten was het Theo die de stilte verbrak.

'Lang geleden heb ik Cobie eens meegenomen met vissen. Of eigenlijk had ze zichzelf meegenomen. Ze had beloofd een boekie te gaan lezen. Maar ze is de enige ter wereld die kan lezen en ouwehoeren tegelijk.'

Joop knikte.

'Verder is het een schat, hoor.'

Joop knikte opnieuw.

Theo was nooit zo van de diepgang, maar vandaag keek hij van onder zijn paraplu lang en nadenkend naar zijn vriend.

'Hoe gaan jij en Hannie eigenlijk?'

'Hoe bedoel je?'

'Hebben jullie het een beetje leuk met elkaar?'

'Ach, wat zal ik zeggen… Het gaat.'

'Dat houdt niet over dus.'

'Nou ja, weet je, na zo veel jaar… dan is de aardigheid er wel een beetje af.'

'Bij ons is dat niet zo, hoor.'

'Dan heb jij geluk.'

'Ik heb zeker geluk,' beaamde Theo.

'Ze bijten niet erg. Ik ga wat aas strooien.' Joop gooide een handvol lokvoer in het water.

Daarna werd er weer gezwegen en gestaard.

'Kun je in Spanje trouwens vissen?' vroeg Theo zich opeens hardop af.

'Ik denk alleen zeevissen.'

'Ik ben héél snel zeeziek, dus dat moesten we maar niet gaan doen. Hoeven we ook geen hengels mee te nemen.'

Opnieuw was het een tijd stil, totdat Theo zich weer tot zijn vriend wendde.

‘Zeg eens eerlijk, Joop, heb jij eigenlijk wel zin in dat overwinteren?’

Joop dacht na en zei toen bedachtzaam: ‘Niet tegen de dames zeggen, hoor, maar als ik eerlijk ben, heb ik zo mijn twijfels.’

‘Hoezo? Dat is toch hartstikke gezellig, wij met z’n viertjes?’

‘Ja, heel gezellig.’ Joop hoorde het zichzelf zeggen en wist dat het niet overtuigend klonk.

Theo keek hem vragend aan. ‘Ja, toch?’

Joop wees naar zijn dobber. ‘Ik geloof dat ik beet heb.’

* * *

Aan het einde van de zomer gingen de aspirant-overwinteraars langs drie verschillende reisbureaus om zich uitgebreid te laten voorlichten over de mogelijkheden om van de Spaanse winterzon te genieten.

De keuze viel na lang wikken en wegen op reisbureau Corendon: acht weken hotel Miramar in Benidorm, halfpension. Het was weliswaar iets duurder dan ze hadden gedacht, maar vooruit, je leefde maar één keer. De aanbetaling was gedaan.

Nu alleen nog even de verhuur van hun huizen definitief regelen.

Joop nam contact op met HBE Housing en maakte een afspraak voor de inspectie van hun huis.

* * *

Hannie had het huis van onder tot boven gesopt en opgeruimd en een appeltaart gebakken, want ze had ergens gelezen dat je dan meer voor je huis kreeg.

Een snelle jongeman op een scooter stopte een half uur na de afgesproken tijd voor de deur en belde aan. Joop deed open.

'Owen Lam, verhuurmakelaar, sorry dat ik aan de late kant ben,' zei de HBE-man.

Hannie bood hem een flink stuk appeltaart en koffie aan, maar daar had Owen geen tijd voor.

'Sorry, mevrouw, maar ik loop al hopeloos achter op schema. Hij ruikt wel heel lekker. Is dit het te verhuren pand?'

Hannie en Joop knikten.

'O. Juist.'

Owen keek rond, trok een scheve mond, begon snel met een infraroodapparaatje de kamers op te meten, wierp een blik op het balkon, schoof de gordijnen open en dicht, bekeek met lichte afkeuring de badkamer en de keuken, pakte toen een aantekenboekje, maakte een paar berekeningen en dacht enige tijd na.

Joop en Hannie wachtten in spanning af. Gezien het bedenkelijke gezicht dat Owen trok waren ze er niet gerust op.

Eindelijk keek de makelaar op van zijn boekje.

'Het is natuurlijk wel een beetje gedateerd, maar het is schoon en netjes...'

'Ja, natuurlijk is het schoon en netjes, maar hoezo gedateerd?' vroeg Hannie verontwaardigd.

'HBE Housing geeft de voorkeur aan, laten we zeggen... aan een iets modernere inrichting, maar als u misschien... als u een aantal zaken tijdelijk ergens kunt opslaan, dan denk ik dat we u er... zestienhonderd euro voor kunnen betalen.'

Hannies gezicht klaarde op.

Joop was nog niet gerustgesteld. 'Zestienhonderd per maand?'

'Nee, meneer, dat is voor de door u voorgestelde periode van twee maanden. Eigenlijk doen we alleen vanaf drie maanden, maar daarin wil ik u graag tegemoetkomen.'

'Maar die meneer op kantoor had gezegd dat we er twaalf- tot veertienhonderd per maand voor zouden krijgen,' sputterde Joop tegen.

'Dat zijn prijzen voor het hogere segment. Mijn collega heeft een indicatieve prijs gegeven. Hij heeft u ook meegedeeld dat de huurprijs pas na inspectie kan worden vastgesteld.'

Hannie moest een paar keer slikken. 'Maar we hebben al een dure reis geboekt.'

De makelaar knikte begripvol.

'Ik snap het, ja.' Hij keek nog eens rond. 'Ik ga mijn best doen er zeventienhonderd van te maken, maar beloven kan ik u niets. En dan moet u wel een aantal zaken opslaan. Hebt u opslagruimte?'

'Het kan in de schuur, daar kom ik toch nooit,' antwoordde Hannie.

'Maar daar staat al mijn gereedschap en mijn andere spullen,' protesteerde Joop.

'Dat is dan een mooie gelegenheid om je rotzooi eens op te ruimen,' vond zijn vrouw en ze richtte zich tot de makelaar. 'Wat moet er allemaal het huis uit?'

Owen pakte zijn aantekenboekje.

Een kwartier later was de lijst klaar. De helft van het meubilair stond erop en alle beeldjes, schilderijtjes, vaasjes, kleedjes en overige prullaria.

Joop dacht niet dat het allemaal in de schuur zou passen.

* * *

En zo was het gekomen dat ze nu met z'n vieren in de rij stonden voor gate D57. Ze waren er als eersten gaan staan om niet te lang te hoeven wachten voor ze in het vliegtuig mochten stappen en stonden daar nu bijna een half uur.

'Ze hadden twaalf minuten geleden al moeten beginnen met boarden,' mopperde Hannie.

Buiten scheen de zon en de lucht was winterblauw. Het was een prachtige novemberdag.

'Hebben wij weer,' zuchtte Theo, 'de hele week pokkenweer en op de dag dat we weggaan schijnt de zon.'

Hannie keek bedenkelijk. 'Ik hoop dat het in Benidorm een beetje beter wordt. Het was er zestien graden en bewolkt, volgens de app.'

'Toch nog altijd tien graden warmer dan hier,' merkte Cobie op.

Eindelijk kwam er beweging in de rij en de passagiers verdrongen zich om zo snel mogelijk bij hun stoel te zijn en een plekje te claimen voor hun handbagage.

* * *

'Moet je voor de koffie betalen?' vroeg Hannie aan de stewardess toen ze eenmaal in de lucht waren.

'Ja, mevrouw.'

'Nou, geeft u dan maar water,' zei Hannie na een korte aarzeling.

'U weet dat u daarvoor ook moet betalen?'

'Voor water? Nou, laat u dan maar zitten.'

Toen de stewardess buiten gehoorsafstand was, fluisterde ze tegen Joop dat ze uit principe nooit betaalde voor water. 'Dan ga ik nog liever dood van de dorst.'

Joop knikte.

'Bij wijze van spreken dan.'

'Natuurlijk,' zei Joop zonder op te kijken van zijn blad *De Waterkant*.

Hannie keek argwanend opzij en zei toen: 'Ik moet naar de wc.'

'Die is gelukkig gratis,' mompelde hij.

Ze was net weg toen met een heldere *ping* het lampje STOELRIEMEN VAST aanging. De stewardess kondigde via de luidspreker turbulentie aan. Joop keek over zijn schouder het gangpad af, richting wc. Geen Hannie meer te zien. Het vliegtuig begon nu flink te schudden. Joop keek nogmaals of zijn vrouw al in aantocht was, maar het pad bleef leeg. Even overwoog hij een stewardess te waarschuwen, maar toen grinnikte hij en schudde langzaam zijn hoofd.

'Mogen we meelachen, Jopie?' vroeg Cobie.

Het vliegtuig maakte een kleine vrije val en een paar passagiers slaakten een gilletje.

'Hannie kwam zojuist even los van de bril,' zei Joop met een grijns, 'ik hoop dat ze het een beetje droog kan houden daar.'

'Zit ze op de wc? Nu? Dat mag helemaal niet, je moet de stewardess waarschuwen!' zei Theo paniekerig.

'Ze kan niet ver vallen in dat kleine hokje,' antwoordde Joop, 'maar als je alarm wil slaan, ga je gang.'

'Het is jouw vrouw,' zei Theo.

Joop haalde zijn schouders op en ging verder met lezen.

Theo keek hulpeloos naar Cobie.

'Hannie loopt heus niet in zeven sloten tegelijk, ze kan trouwens geen kant op,' meende zij.

Tien minuten later kwam Hannie moeizaam door het gangpad aangeslingerd. De stewardessen hadden blijkbaar over het hoofd gezien dat er al die tijd iemand op de wc had gezeten. Nu liep er een haar tegemoet.

'Wilt u alstublieft gaan zitten, mevrouw,' zei ze bestraffend.

'Ja, natuurlijk wil ik dat, maar ik zit daar.' Hannie wees naar haar stoel verderop.

De stewardess keek haar verbaasd aan. 'Zat u op de wc?'

'Ja, al een kwartier.'

'Gaat u dan maar snel zitten.'

Hannie plofte naast Joop in haar stoel en deed zacht en met ingehouden woede verslag.

'Ik was net gaan zitten toen ze zeiden dat iedereen terug naar zijn plaats moest, maar ik had mijn broek al op mijn enkels. Probeerde ik op te staan, ben ik half naast de pot gevallen door zo'n turbulentie. Je kan bij die wc helemaal geen riem vastmaken.'

'Ben je nat geworden?' informeerde Theo iets te luid.

'Nee, ik ben niet nat geworden,' siste Hannie, 'maar misschien kan je nog wat harder praten, Theo, dan weet het hele vliegtuig het. Ik ging alleen maar naar de wc om gratis water te drinken.'

'Waarom had je dan je broek naar beneden?' informeerde Joop.

'Omdat ik misschien toch moest, wijsneus.'

'Kon je dat water wel drinken?' wilde Cobie weten.

'Nee, Cobie, dat water kon je níét drinken.'

'O, wat jammer dan. Al dat gedoe voor niks.' Cobie leefde oprecht mee.

'Ja, wrijf het er nog even lekker in,' zei Hannie.

Het gesprek werd onderbroken door een stewardess die kwam informeren of ze krasloten wilden kopen.

'Krasloten, in een vliegtuig?' vroeg Theo hogelijk verbaasd.

'Ja, hoe goedkoper de vlucht, hoe meer dingen ze je proberen aan te smeren. Straks komt er nog een Tupperware-demonstratie,' grapte Joop.

Theo wilde graag twee krasloten en zat even later opgewekt te krassen.

'Yessss, tien euro gewonnen. Die gaan in de vakantiepot!' riep hij als een kind zo blij en hij gaf zijn vrouw en zijn vriend een high five.

Hannie keek stuurs voor zich uit. Ze hield niet van gokken.

* * *

Het vliegtuig dook de wolken in en er even later weer uit. Joop keek gefascineerd uit het raampje. Beneden hen lag Alicante.

Theo klaagde voor de derde keer dat hij pijn in zijn oren had.

'Ja, Thé, nu weten we het wel. Je moet slikken en tegelijk je neus dichtknijpen en tegelijk kauwgom kauwen,' adviseerde Cobie.

'Dat heb ik al gedaan, maar het helpt niks,' jammerde Theo.

'Het gaat vanzelf over als we geland zijn. Weet je wat ook schijnt te helpen? Twee plastic bekertjes met natte hete watten erin tegen je oren houden. Raar, hè?' Cobie keek zelf hoogst verbaasd bij wat ze vertelde. 'Jammer alleen dat ik geen plastic bekertjes heb,' ging ze verder, 'en trouwens ook geen natte hete watten. Sorry, schat, maar aan zo'n advies heb je eigenlijk niks.'

Theo zei niets. Hij kneep in zijn neus en slikte en kauwde overdreven.

Het vliegtuig raakte rustig de grond en remde. Cobie klapte drie klapjes, keek om zich heen en stopte beschaamd toen ze de enige bleek die applaudisseerde.

'Wilt u de stoelriemen vast laten tot het vliegtuig geheel tot stilstand is gekomen en het teken STOELRIEMEN VAST is uitgegaan,' werd er omgeroepen.

Toen even later het lampje STOELRIEMEN VAST uitging, stond het halve vliegtuig als één man op om zo snel mogelijk de handbagage uit de bagagebakken te kunnen pakken. Binnen een paar seconden stond het gangpad vol. Veel mensen moesten daarom kromgebogen voor hun stoel blijven staan met hun hoofd tegen de onderkant van de bagagebakken. Joop, Hannie en Theo waren blijven zitten. Theo wreef over zijn oren. Hannie meldde dat ze nodig naar de wc moest. Cobie stond in het gangpad, maar zij was de kleinste van de vier, nog geen één meter zestig, en kon niet bij de handbagage.

Bij de bagageband in de aankomsthal bleek dat de meeste mensen zich uit het vliegtuig gehaast hadden om wat langer bij de band te moeten wachten. Vrijwel alle passagiers gingen bijna tégen de lopende band aan staan. Joop bekeek het gedrang van een afstandje. Tegen een blonde dame naast hem legde hij ongevraagd uit dat het veel sneller en makkelijker zou gaan als iedereen vanaf een paar meter afstand keek of zijn of haar koffer eraan kwam en pas naar voren stapte als er iets van de band te halen viel.

'Dan heb je alle ruimte namelijk,' besloot hij.

'Ik laat het mijn man doen, dan heb ik ook alle ruimte.'

'Dat kan natuurlijk ook,' glimlachte Joop, terwijl hij intussen deed alsof hij zijn vrouw niet zag zwaaien dat hij bij haar moest komen staan.

'Joop,' riep ze, 'hierheen!'

Dat viel niet meer te negeren. Hij slofte naar haar toe.

'Basje zal toch niet over de lopende band komen?' vroeg Hannie zich ongerust af.

'Nee, dat lijkt me niet.'

'Maar waar dan wel?'

'Geen idee.'

'Ga dat dan uitzoeken. Basje zit al uren alleen in die kooi.' Er klonk nu een randje paniek in Hannies stem.

Joop keek om zich heen, op zoek naar een aanwijzing. In de verte zag hij een bordje LOST LUGGAGE.

* * *

'Toen heb ik maar een kat nagedaan, stond ik daar te miauwen alsof dat de normaalste zaak van de wereld was, en uiteindelijk begrepen ze het.' Joop zag er verhit uit.

Hannie had alleen aandacht voor Basje, die ze uit zijn kooi had gehaald om hem uitgebreid te knuffelen. 'Heb jij het bazinnetje zo gemist dan, jochie? Was jij helemaal alleen dan? O gossiegossiegossie.'

'Toen kwam die man eerst nog met de verkeerde kat aanzetten, een grote rooie. Dus ik zeg "*no, no, pequeño*", dat is "klein" in het Spaans, en toen ging hij weer weg en even later kwam hij terug met Basje.' Joop glom van trots omdat het hem was gelukt.

'Je hebt er wel lang over gedaan, Joop,' vond Hannie.

Joop keek haar verbouwereerd aan.

'Maar goed, het belangrijkste is dat je hem gevonden hebt,' haastte ze zich te zeggen.

* * *

Ze moesten nog met de bus. Benidorm ligt een uur rijden van het vliegveld van Alicante. Theo zocht zijn zakken af naar de voucher voor de transfer naar hun hotel. Hij liep rood aan. De mevrouw achter het loket van het busstation wierp een ongeduldige blik op de rij achter hem.

'Kan je hem niet vinden?' vroeg Cobie.

'Ja, natuurlijk kan ik hem wel vinden, maar ik wil iedereen graag even in spanning laten, nou goed.'

'Heb jíj hem eigenlijk wel?' vroeg Cobie zich opeens af, nadat Theo uit de rij was gestapt om rustig verder te kunnen zoeken. 'O jeetje, nu weet ik het weer. Ik heb hem in mijn tasje gedaan omdat ik bang was dat jij hem kwijt zou raken.' Ze opende haar handtas en toverde het papiertje binnen twee tellen tevoorschijn. 'Sorry hoor, schat.'

'Geeft niks, ik ben allang blij dat ik niks fout heb gedaan.' Theo begon zich op zijn oorspronkelijke plek tussen de rij te wringen, die zich alweer had gesloten. Er klonk wat protest van mensen die vonden dat hij opnieuw achteraan aan moest sluiten, maar de mevrouw achter het loket wenkte hem dichterbij en knikte na een korte blik op de voucher dat het goed was zo.

Een kwartier later zaten ze in de bus. De chauffeur had bij het instappen hun namen op een lijst doorgestreept en iets tegen ze gezegd.

'Was dat Engels of Spaans wat-ie zei?' vroeg Cobie.

'Het maakt niks uit in welke taal je het niet verstaat,' zei Hannie.

Joop, die het beste Engels sprak van het viertal, vroeg nog twee keer aan de chauffeur wat hij had gezegd en blufte toen dat hij het had begrepen: de chauffeur zou hun hotel omroepen, hotel Miramar.

Na een rit van drie kwartier over de snelweg doemden de hoteltorens van Benidorm op.

'Jeetje, wat groot,' zei Cobie verbaasd, 'ik dacht dat het veel kleiner was, een beetje een dorpje. Zoiets als Zandvoort.'

'Best wel mooi,' zei Theo.

'Nou, mooi... mooi... Het is vooral hoog,' vond Hannie.

Joop keek zwijgend naar buiten.

De bus slingerde zich door de straten van Benidorm en stopte om de paar minuten. Bij elke halte riep de chauffeur de naam van een hotel om.

'Wat zegt-ie, wat zegt-ie?' vroeg Cobie elke keer.

'Ik hoorde geen Miramar, geloof ik,' stelde Joop haar dan gerust.

De bus werd leger en leger.

'Hebben wij weer. Zitten we in het laatste hotel van de route,' mopperde Theo.

'Als we er niet al voorbij zijn,' deed Hannie een duit in het zakje. 'Ga eens vragen, Joop, volgens mij zijn we te ver.'

Zwalkend stommelde Joop naar de chauffeur: '*Por favor, signor, hotel Miramar?*'

'*Si, si, cinco minutos más.*'

'Hij zei: si, si en over vijf minuten,' bracht Joop verslag uit.

'Jeetje, jij kan gewoon Spaans,' zei Cobie bewonderend.

Joop knikte trots. 'Ik heb wat woordjes geleerd de afgelopen maanden. Ik dacht: dat kan wel eens van pas komen.'

'Knap hoor,' vond Cobie.

'Nou, zo veel stelt het niet voor,' zei Hannie tegen Cobie, 'hooguit een stuk of vijftig woordjes.'

'Toch vind ik het knap.'

'Dank je, Cobie,' zei Joop.

Basje maakte een hees geluidje.

'Och, schatje toch, wat heb je een naar miauwtje,' zei Hannie bezorgd.

Basje miauwde nogmaals en likte daarna door de tralies van zijn kooi heen haar hand.

'Hij heeft vast kougevat,' zei Cobie.

'Miramar,' kondigde de chauffeur aan.

* * *

'Wat een mooie hal.' Cobie was onder de indruk.

Ze stonden voor de receptiebalie van hotel Miramar en keken rond.

'Een beetje ouderwets is het wel, met dat bruin en oranje,' was Hannie van mening.

'Past goed bij ons,' zei Cobie vrolijk, 'wij zijn zelf ook een beetje ouderwets.'

'*Good afternoon, can I help you?*' vroeg het meisje achter de balie.

Hannie duwde Joop naar voren.

'*Yes please, we are from Holland, do you speak Dutch?*'

'*No, I'm sorry. Only English and Spanish.*'

Joop haalde diep adem.

'*We are de family Elzinga and de family Van Schaik. We come here for eight weeks.*'

'Je moet het reserveringsformulier geven,' zei Hannie.

'Dat heb jij. Jij moest alle belangrijke papieren hebben.'

'Ja, ik heb het, maar jij moet het geven.'

'Geef het me dan.'

'*Here we are, you have to sign this and this,*' onderbrak de receptioniste de woordenwisseling en ze schoof twee formulieren over de balie.

'Die reservering is niet nodig, ik heb het al geregeld,' zei Joop over zijn schouder.

Joop en Theo tekenden beiden en kregen daarna de sleutels

van de kamers. Het meisje legde uit waar de kamers waren en overhandigde ze allebei een folder met informatie over het hotel.

'*Not in Dutch?*' probeerde Theo nog.

'*No, sorry.*'

'Ze zeiden bij het reisbureau dat er Nederlandse reisleiding was. Ik heb hier ons reserveringsformulier en daarop staat een nummer dat we kunnen bellen. Dat gaan we straks dan maar eens doen, als we ons geïnstalleerd hebben. Ik ben zo benieuwd naar de kamer.' Cobie straalde van plezier. 'En kijk eens wat een leuk winkeltje.' Ze wees naar een boetiekje iets verderop.

'Maar wel gesloten,' zei Hannie.

'Ze hebben in Spanje andere openingstijden. Daar moet je even aan wennen en dan weet je niet beter,' stelde Cobie haar gerust.

Ze liepen door de grote lege hal naar de lift en keken nieuwsgierig rond. Rechts was een enorme eetzaal met een stuk of honderd tafeltjes voor twee of vier personen. Links was een tweede zaal. In het halfdonker zagen ze een podium met ervoor een dansvloer en daaromheen ronde tafeltjes.

'Ik krijg meteen zin om te dansen,' kirde Cobie.

'Ik heb trek in een pilsie, hoe laat is het?' Theo keek op zijn horloge. 'Kijk, zie je, dat kan wel kloppen, want het is bijna vijf uur. En daar is de bar, zullen we beginnen met een drankje?'

De dames besloten dat eerst de koffers uitgepakt moesten worden. De heren gingen gelaten akkoord.

Even later stapten ze op de negende etage uit de lift. Ze keken op de bordjes en volgden de route naar de kamers 917 en 921.

Toen ze voor hun kamerdeuren stonden, vroeg Hannie aan Joop waarom hij geen kamers naast elkaar had gevraagd. 'Nu zit er een kamer tussen, dat is toch niet gezellig.'

'Ik heb wél kamers naast elkaar gevraagd, maar dat konden ze niet garanderen bij het reisbureau.'

'Wees maar blij, dan hoor je me tenminste niet snurken!' riep Theo tien meter verderop in de gang.

'En dat is geen pretje, hoor, dat gesnurk van Theo, ik slaap met oordoppen en soms ook nog met een koptelefoon. Geen gezicht, maar het helpt wel,' zei een opgewekte Cobie.

'Ik kreeg vroeger gewoon een enorme por in mijn buik en het bevel om op mijn zij te gaan liggen!' riep Joop terug.

'Nu niet meer dan?' vroeg Theo.

'Nee, nu slaap ik in de logeerkamer.'

'Dus Hannie heeft altijd een logeetje. Wat gezellig,' lachte Cobie.

'Jaja, heel gezellig. Zullen we dan nu eindelijk naar binnen, Joop?' zei Hannie scherp.

'Zullen we over een kwartiertje in de bar afspreken?' stelde Theo voor.

'Oké, tot straks,' antwoordde Joop.

Cobie was zo opgewonden als een kind op schoolreisje. Ze opende alle deuren en kastjes en ging op het bed liggen. Theo controleerde of de wc goed doortrok en of de lampen het deden. Even later riep Cobie vanaf het balkon dat ze de zee zag. Theo kwam naast haar staan en sloeg een arm om haar heen.

'Zitten we hier toch maar mooi aan de Méditerranée, Cootje.'

'Méditerranée, zo blauw, zo blauw,' zong zijn vrouw.

'Wat kan jij toch mooi vals zingen, schat.'

Twee kamers verderop was de stemming iets minder uitgelaten.

'Het is een zacht bed,' vond Hannie.

'Je wil toch altijd een zacht bed.'

'Ja, zacht, maar niet té zacht. Dat gaat me mijn rug kosten.'

'Je mag ook op de slaapbank,' stelde Joop voor.

Hannie ging even op de bank liggen, maar kwam snel weer overeind. 'Deze is misschien weer iets te hard.'

'Nou, eh… ik hoor wel wat mevrouw wil. Ik neem wat overblijft. Mij maakt het niet uit.'

'Waarom moest je trouwens zo nodig zeggen dat je altijd in de logeerkamer slaapt?' vroeg Hannie.

'Dat is toch zo? Ik ga er niet om liegen.'

'Ja, omdat jij snurkt als een tractor.'

Joop was het balkon op gestapt en keek tevreden rond.

'Mooi uitzicht op het zwembad en de tuin. Zie je die bloeiende bomen, dat is bougainville.'

Hannie kwam ook op het balkon staan.

'In de folder stond dat je uitzicht had op zee.'

Joop wees tussen twee hotels door. 'Daar is de zee.'

'Dat is toch geen uitzicht op zee, dat is een streepje zee tussen twee flats.'

'In de folder stond niet hoeveel meter uitzicht op zee. Ik vind het een mooi balkon en een mooi uitzicht.' Joop draaide zich om en deelde mee dat hij naar de bar ging.

'Kan je niet even wachten tot ik me heb omgekleed?'

'Tuurlijk, schat.' Joop ging op de bank zitten en probeerde de afstandsbediening van de tv uit.

* * *

'*Dos cervezas en dos vino blanco.* Dat is de belangrijkste zin die je moet kennen de komende twee maanden,' betoogde Joop een half uurtje later aan een tafeltje bij de bar.

'Maar wat is zoet in het Spaans? Ik vind deze wel een beetje zuur. Ik heb liever wat zoeter. Van deze trekt mijn bekje in een tuut.' Cobie trok er een klein zuur mondje bij. De mannen moesten lachen.

'*Dulce*, dat is zoet. Ga jij maar proberen te bestellen, Cobie,' moedigde Joop haar aan, 'want Theo en ik zijn technisch leeg.' Hij wees naar hun glazen.

'Een beetje rustig aan jullie. Anders zijn jullie voor het eten al lam,' waarschuwde Hannie.

Theo grinnikte. 'Dat moet geen probleem zijn, lam worden voor het eten. Heb je gezien hoe laat je hier pas aan tafel kan? Vanaf zeven uur! En het is net half zes. Normaal schuif ik rond deze tijd achter de piepers, en nu moet ik nog anderhalf uur biertjes drinken.'

Cobie oefende een paar keer haar Spaanse bestelling: '*Dos serbessas en dos bino blanco dulce*.' Daarna liep ze naar de bar en sprak haar eerste Spaanse woorden.

Vanaf hun tafeltje zagen ze dat de barman iets terugzei. Cobie stak twee handen in de lucht en haalde haar schouders op. De man schonk een wijnglas voor een kwart vol en liet haar proeven.

'Is lekkerrr?' vroeg hij.

'Heel lekker.' Cobie stak twee duimen omhoog, eerst naar de man achter de bar en daarna naar haar gezelschap.

'Hoorden jullie dat?' zei ze even later. 'Hij praat een beetje Nederlands. Wat een leuke man trouwens. Ik mocht proeven. Deze vind jij vast ook lekker, Han, proef maar.'

Hannie nam een klein slokje. 'Deze is inderdaad wel lekker,' moest ze toegeven, 'maar zouden ze hier ook bessen met ijs hebben?'

'Ik weet niet wat dat is in het Spaans,' zei Joop.

'Laat dan maar. Deze is ook goed.'

'Ik begin trek te krijgen, maar we moeten nog vijf kwartier wachten,' zuchtte Theo. Toen veerde hij op. 'Weet je wat? Ik ga vragen of ze bitterballen hebben.'

Theo liep naar de bar, maakte eetgebaren en deed na hoe je een gloeiend hete bitterbal in je mond hebt. De barman lachte wel, maar leek deze Hollandse delicatesse verder niet te kennen. Theo tekende de omvang van een bitterbal in de lucht en dat bleek de oplossing: de Spanjaard knikte en stak een duim op.

Trots als een aap kwam Theo weer aan tafel zitten. 'De bitterballetjes komen eraan, jongens,' sprak hij breedlachend.

Tien minuten later kwam de barkeeper een schaaltje Spaanse gehaktballetjes brengen.

'Rare bitterballen hebben ze hier,' zei Cobie nadat ze er eentje had geproefd, 'maar wel lekker.'

'Het zijn meer gehaktballetjes,' vond Joop, 'maar goed gedaan, hoor, Theo, ze zijn heel goed te pruimen bij een biertje.'

Hannie voerde tevreden een gehaktballetje aan Basje, die op haar schoot lag.

* * *

Klokslag zeven uur liepen ze naar de eetzaal. Enigszins onder de indruk bleven ze staan bij de ingang van de grote, tl-verlichte ruimte. In het midden van de zaal stonden twee lange tafels van elk een meter of tien met daarop het buffet: tientallen schalen, bakjes en borden met van alles en nog wat.

Er waren pas twee tafeltjes bezet.

Joop keek rond. 'Nou... plek genoeg, zou ik zeggen.'

Het duurde even voor ze het erover eens waren wat het beste tafeltje was; lekker rustig, ver van het buffet, of lekker handig dichtbij. Uiteindelijk werd gekozen voor de gulden middenweg, iets uit het midden van de zaal in een zee van lege tafels.

'Hebben ze hier nog geen honger dan?' vroeg Theo hoofdschuddend.

'Spanjaarden eten pas om negen of tien uur,' wist Joop te vertellen, 'dat heb ik ergens gelezen.'

'Maar wij zijn geen Spanjaarden, dus daar doen wij niet aan mee. Ik vind zeven uur al laat genoeg,' zei Hannie.

'Ik heb gek genoeg nog helemaal geen honger. Zou dat door de jetlag komen?' vroeg Cobie zich hardop af.

'Er is geen tijdverschil tussen Nederland en Spanje, dus je kan helemaal geen jetlag hebben,' wist Joop.

'Echt? Ik dacht dat je dat van het vliegen zelf kreeg.'

'Zullen we dan maar?' stelde Theo voor.

Het leek Hannie het veiligst dat Theo en Cobie eerst naar het buffet zouden gaan en als ze terug waren konden Joop en zijzelf een bord op gaan scheppen. Op die manier zouden de tasjes en de jasjes niet onbeheerd achterblijven.

'Nou, ik denk niet dat iemand mijn ouwe colbertje wil jatten en bovendien is er sowieso bijna niemand, maar ik vind het toch een goed plan,' zei Theo opgewekt terwijl hij opstond. 'Kom op, Cootje, aanvallen.'

Er kwam een Spaanse ober op Hannie en Joop toegelopen.

'*Good evening. I'm sorry, but cats are not allowed in the dining room.*' Hij wees op Basje, die bij Hannie op schoot lag.

'Wat zegt-ie?' vroeg Hannie.

'Hij zegt dat katten verboden zijn in de eetzaal.'

'Hoezo dat?'

'Dat zegt hij er niet bij.'

Hannie richtte zich tot de ober. '*He does nothing. He is*... op schoot.'

De ober schudde van nee. '*I'm very sorry, but no cats allowed. Not in the dining room.*'

'Het mag niet. Tenminste niet in de eetzaal,' vertaalde Joop.

Hannie keek de ober woedend aan. 'Be-la-che-lijk. Hij doet toch niks.'

De ober hief hulpeloos zijn handen. '*I'm sorry, these are the rules.*'

Joop probeerde de zaak te sussen. 'Het zijn de regels, Han, daar kan die ober niks aan doen.'

'Nou, dan ga ik toch lekker in de hal eten,' blafte Hannie tegen de ober, die geen idee had wat ze zei en er ongemakkelijk bij stond. Ze schoof driftig haar stoel naar achteren.

'Ik zit met Basje in de hal, en als jij je bord leeg hebt kom je me aflossen, Joop. Ik laat me niet koeioneren door zo'n Spaanse pinguïn.'

'Je kan Basje toch ook even naar de kamer brengen, wat is dat nou voor moeite.'

'Dit is een principekwestie, Joop. Ik laat niet over me heen lopen.'

'Er loopt helemaal niemand over je heen, er mogen alleen geen katten in de eetzaal. Dat is voor de hygiëne of zo.'

'Basje is heel hygiënisch.'

'Ga je dan de komende twee maanden in de hal eten, met Basje op schoot? Ik blijf in ieder geval hier en je ziet maar hoe je je eigen bord vol krijgt. Ik doe het niet.'

Hannie beende met Basje in haar armen naar de hal en ging daar op een bank zitten mokken.

Cobie en Theo keken verbaasd op toen ze bij hun tafeltje terugkwamen.

'Waar is Hannie?'

Joop wees naar de hal. Daar zat Hannie strak voor zich uit te kijken met Basje op schoot.

'Wat doet ze daar nou?' vroeg Theo.

Joop legde uit wat er was gebeurd.

'Ik ga wel even met haar praten,' zei Cobie en ze liep naar haar vriendin toe. De twee mannen zagen dat Hannie eerst nog even woest iets zei en naar een ober wees en daarna haar handen voor haar ogen sloeg en schokschouderde. Cobie sloeg een arm om haar heen en troostte haar. Even later kwam Cobie terug de eetzaal in.

'Het komt goed, hoor,' zei ze zacht tegen Theo en Joop, 'morgen laat ze Basje in de kamer. Alleen vandaag nog even niet.'

Daarna bracht ze haar eigen bord naar Hannie in de hal en ging voor zichzelf een nieuw bord opscheppen. Even later zaten de twee vrouwen in de hal te eten en de mannen in de eetzaal.

'Lekker begin van de vakantie,' mopperde Joop.

'Kom op, Joop,' zei Theo zacht, 'een beetje medeleven met je eigen vrouw kan geen kwaad, hoor. Het is effe wennen. Voor iedereen.'

'Maar ze kan verdomme toch wel één keer...' Joop maakte zijn zin niet af. Tien minuten later stond hij op, liep naar het buffet, schepte twee bolletjes ijs uit een bak op een bordje, deed er wat vruchten uit blik bij en bracht het naar zijn vrouw. Hannie pakte het bord aan, hield heel even de hand van haar man vast en zei wat.

Toen Joop weer aanschoof vroeg zijn vriend: 'En?'

'Ze zei: "Dank je, dat is lief van je."'

'Zie je nou wel. Een klein gebaar doet wonderen.'

* * *

Het was de volgende morgen tien uur en de piepjonge hostess van reisbureau Corendon stond erbij alsof ze te kort had geslapen en te veel had gedronken.

Ze richtte zich tot de tien oudere Nederlanders die de vorige dag waren aangekomen en zich nu in de lobby van het hotel hadden verzameld.

'Goedemorgen allemaal. Mijn naam is Imelda en ik ben uw gastvrouw tijdens uw verblijf in hotel Miramar. In dit boekje, dat ik straks zal uitdelen, staat eigenlijk alle belangrijke informatie. Over de Nederlandse huisarts, het ziekenhuis, waar ze trouwens goed Engels spreken en één verpleegster ook Nederlands, en over de fysiotherapeut en de hulpdiensten, en alles.'

'Zijn we hier op vakantie of zitten we in een sanatorium?' bromde Theo tegen Joop.

Imelda keek op. 'Hebt u een vraag, meneer?'

Theo kreeg een rood hoofd en schudde van nee.

Het Corendon-meisje onderdrukte een gaap en ging verder. 'Achter in het boekje staat nog een lijst met Nederlandse restaurants en supermarkten waar ze Nederlandse spullen verkopen. En voor de mensen die naar de kerk willen, dat staat er ook in. En ook nog heel veel leuke uitstapjes. En eventueel verhuur van hulpmiddelen.' Ze moest weer gapen. 'Zijn er nog vragen tot zover?'

'Is het erg laat geworden gisteravond, Imelda?' vroeg een vrouw met rood haar en een zwaar Rotterdams accent. Ze grijnsde er minzaam bij.

Het meisje bloosde. 'Nou, eh... eigenlijk...'

'Nee hoor, mop, je hoeft geen antwoord te geven. Het was maar een geintje,' onderbrak de Rotterdamse haar.

Imelda keek opgelucht. 'O... ja... Zijn er nog andere vragen?'

Een magere man van een jaar of zestig stond op en nam het woord. 'Jongedame, mijn naam is Verhoeven en in de papieren van Corendon stond dat we gisteren een welkomstdrankje zouden krijgen, maar dat hebben we dus niet gehad.'

Imelda knikte. 'Omdat een aantal gasten gisteravond laat pas zijn aangekomen, hebben we besloten dat het welkomstdrankje vanmiddag plaatsvindt, om vier uur, hier in de lobby.'

'Nou, dan is het maar goed dat ik erover begin,' zei de man zelfingenomen, 'want anders hadden we dat niet geweten.'

'Ik had het nog willen zeggen.'

'Jaja, dat zal wel.'

'In ieder geval,' besloot Imelda, 'kunt u altijd bellen als er vragen zijn of problemen of andere dingen, het nummer staat op de achterkant van het boekje. Dan krijgt u mij. En ik zie u graag allemaal vanmiddag om vier uur weer hier, voor het welkomstdrankje.'

* * *

Cobie, Theo, Hannie en Joop besloten na de kennismaking met de Corendon-hostess hun eerste uitstapje in Benidorm te gaan maken. Joop wist een leuke tent: café Amsterdam.

'Tenminste, daar ging Koos altijd naartoe, voordat zijn been eraf moest.'

Hannie schrok. 'Heeft Koos zijn been eraf? Dat wist ik helemaal niet. Jij vertelt mij ook nooit wat.'

'Dat heb ik je wel verteld,' verdedigde Joop zich.

'Nou, ik zou toch heus wel onthouden hebben dat Koos zijn been eraf is als je mij dat had verteld.'

'Ging Koos dan ook naar Benidorm?' vroeg Theo.

'Elk jaar. Tot dat been,' antwoordde Joop. 'Koos heeft Belinda en Sjon aangeraden naar Benidorm te gaan en die hebben jullie weer warm gemaakt.'

'Jou toch ook,' zei Hannie scherp, 'of niet soms?'

'Ik heb wel zin in een lekker Hollands bakkie koffie,' kwam Cobie opgewekt tussenbeide.

Toen ze hotel Miramar uit stapten keken ze bewonderend omhoog.

'Het lijkt wel New York hier, met al die hoge torens. Het is net alsof ik in een film loop,' zei Cobie verbaasd.

'New York is nog wel twee keer zo hoog, schat,' wist Theo zijn vrouw te vertellen.

'Ben jij er wel eens geweest dan?' vroeg Hannie.

'Nee, maar dat weet ik van foto's. Het hoogste gebouw is, geloof ik, iets van honderd verdiepingen. En dan zijn het vast ook nog hogere verdiepingen dan hier. In Amerika is alles groter.'

'Als je in een bioscoop popcorn neemt, krijg je het in een kartonnen emmer,' deed Joop een duit in het zakje.

'Ik moet er niet aan denken,' zei Hannie.

'Ik vind zoet het lekkerst,' zei Cobie, 'zoute popcorn vind ik... ik weet het niet... dat staat me sneller tegen, zeker als het een emmer vol is.'

'Ik ook liever zoet,' zei Joop, 'en jij, Han?'

'Geen van tweeën. Ik heb liever pinda's. Pelpinda's, anders eet je zo snel.'

'Wordt het wel een bende in de bioscoop,' merkte Joop op.

'Welke kant moeten we op voor café Amsterdam? Weet iemand dat?' Cobie keek naar de mannen.

'Ik heb Google Maps,' zei Theo, 'zou dat ook in Spanje werken?'

'Als het goed is wel,' meende Joop.

Theo stond een tijdje te priegelen met zijn telefoon. Af en toe ontsnapte hem een vloekje. Zijn vriend keek over zijn schouder mee.

'We hadden al aan de koffie kunnen zitten, schatje.'

Theo keek op. 'Nou effe niet flauw doen, Co.'

Even later klonk er tevreden: 'Ja, dat is het.'

Cobie gaf Theo een schouderklopje. 'Goed gedaan, jochie.'

'We zijn er nog niet, hè,' zei Hannie.

Met zijn neus vlak boven de telefoon begon Theo aan de wandeling.

'Hé, dat pieletje gaat de verkeerde kant op,' constateerde hij na een halve minuut.

'Ik denk eerder dat wíj de verkeerde kant op gaan,' zei Joop, 'ik denk dat we om moeten keren.'

Het viertal draaide om en liep in de tegenovergestelde richting.

'Ja, nu gaan we goed,' zag Theo tot zijn opluchting. 'Nog dertien minuten, meiden, en dan is er koffie.'

Met de mannen voorop en de vrouwen daar een paar meter achter liepen ze door een lange rechte straat, in de schaduw van een eindeloze rij hoge hotels, met tussendoor af en toe een streepje zon. Bij ieder zonnestraaltje riep Cobie: 'Heerlijk, toch?'

'Heel andere warmte hier,' zei Hannie, 'veel minder benauwd dan bij ons.'

'Een soort van frisse warmte,' beaamde Cobie.

'Het is maar vijftien graden, misschien komt het daardoor,' bromde Theo zacht voor zich uit. Joop schoot in de lach.

Café Amsterdam deed zijn naam eer aan, want het zag eruit als een namaak-Amsterdams bruin café: aan de muur foto's van Tante Leen en Johnny Jordaan, nep-Perzische tafelkleedjes, gehaakte gordijntjes voor de ramen en Amstel op de tap.

De twee stellen waren aan een tafeltje bij het raam gaan zitten. Er zat aardig wat volk.

'Dat ziet er lekker uit,' zei Theo en hij wees op twee flinke punten appeltaart met slagroom die geserveerd werden aan een tafeltje naast hen.

'Ja, dat wil ik ook wel,' zei Cobie.

'Elk pondje gaat door het mondje,' pruttelde Hannie.

'Kom op, Han, je leeft maar één keer,' moedigde Cobie haar aan.

'Dan neem ik jouw slagroom wel,' bood Theo aan.

Hannie was niet moeilijk over te halen. 'Een klein puntje dan, anders word ik moddervet.'

'Je bent...' Joop maakte zijn zin niet af.

'Ja? Wat wou je zeggen?' Hannie keek hem doordringend aan.

'Je bent... al aardig gewend aan de Spaanse gewoontes.'

'Er is helemaal niks Spaans aan appeltaart, Joop Elzinga.'

Als Hannie hem bij voor- én achternaam aansprak, wist Joop dat hij maar beter zijn mond kon houden. Hij werd gered door een forse vrouw met blond haar en een schortje voor met daarop CAFÉ AMSTERDAM.

'Goeiemorgen, wat mag het zijn?'

'Eh... vier koffie en vier appeltaart met slagroom. Toch?' Theo keek het kringetje rond.

‘Ik hoor geen protesten, dus dat gaan we doen,’ zei de serveerster.

Even later bracht ze de bestelling.

‘Doe mij maar het kleinste puntje,’ zei Hannie.

‘Ze zijn eigenlijk allemaal even groot, Han,’ zei Theo, ‘nou, misschien is deze net iets kleiner.’

Hij gaf Hannie het stuk taart en schoof in één beweging haar slagroom op zijn eigen schoteltje. ‘Zo, dan offer ik me wel op voor de slagroom,’ grijnsde hij.

Hannie keek een beetje beteuterd, maar begreep dat ze niet kon protesteren.

Joop keek om zich heen. ‘Geen woord Spaans hier, iedereen praat Nederlands.’

‘Lekker toch, ik voel me nu al helemaal thuis in Benidorm,’ zei Cobie tevreden.

Uit de luidsprekers klonk André Hazes.

‘En, jongens,’ Theo wees op een bordje boven de bar, ‘ik zie, ik zie, wat jij niet ziet: tweede kopje koffie gratis. Dat drinkt nog lekkerder.’

Toen Theo even later informeerde wie er nog een tweede bakje wilde, zei Cobie dat ze eigenlijk geen trek meer had in koffie, maar als het gratis was... ‘Dan ben je toch een beetje een dief van je eigen portemonnee als je die niet neemt.’

Theo wenkte de serveerster. ‘Mogen wij nog vier koffie, mevrouw?’

‘We doen hier niet aan mevrouwen,’ zei de serveerster. ‘Ik heet Tonnie en m’n man heet Donnie.’ Ze wees naar de man achter de bar. ‘Dat is om het makkelijk te maken. Ik heb hem erop uitgezocht.’

‘Dan graag vier tweede kopjes koffie, Tonnie. Ik heet Theo,

dit is Joop en deze twee mooie dames zijn Hannie en Cobie. En nu ik je toch aan de lijn heb: is het tweede puntje appeltaart ook gratis?'

'Alleen morgen, Theo.'

'En morgen zeg je zeker weer morgen,' grapteTheo.

'Is deze stoel vrij?'

Naast Joop stond een slanke, donkerharige dame van eind vijftig, begin zestig.

Joop keek op. 'Zeker.'

Hij glimlachte en schoof haar de vrije stoel toe.

'Dank u.' Zij zette de stoel bij het tafeltje ernaast, waar haar vriendin al had plaatsgenomen. Deze boog zich opzij naar Theo. 'Hoe is de appeltaart vandaag?'

'Nou, ik weet niet hoe hij op andere dagen was, want dit is mijn eerste punt hier, maar ik vind hem heerlijk.'

'Ik geef de appeltaart een negen,' voegde Cobie eraan toe. 'Komen jullie hier vaker?' vroeg ze in één adem door.

'Hoelang komen we al hier, Suus? Voor het vijfde jaar of zo?' De brunette knikte bevestigend. 'En elk jaar komen we hier wel een paar keer koffiedrinken.'

'Waar logeren jullie?' vroeg Theo.

'In hotel Paloma Dream. En jullie?'

'Hotel Miramar.'

'O ja, dat ken ik wel, dat is niet zo ver van ons hotel. Ik ben Suze, trouwens, en dit is Monique.'

Ze stelden zich allemaal aan het tweetal voor.

'Aangenaam,' zei Cobie en ze maakte een uitnodigend gebaar. 'Kom er anders gezellig bij zitten.'

Suze en Monique aarzelden.

Ook Joop wenkte vriendelijk en de dames besloten hun stoelen aan te schuiven.

'Leuk jullie te ontmoeten,' zei Monique.

'Ja, leuk,' antwoordde Hannie met een strak gezicht.

Er ontstond algauw een gemoedelijk gesprek. Monique en Suze vertelden dat ze uit Amersfoort kwamen en dit jaar voor de vijfde keer zes weken lang in hotel Paloma Dream logeerden, twee blokken verwijderd van hotel Miramar. Suze was gescheiden en de man van Monique bleef thuis omdat hij voor zijn duiven moest zorgen.

De twee vrouwen weidden enthousiast uit over alles wat Benidorm zo de moeite waard maakte: de leuke winkeltjes, het buffet van het hotel, het scala aan activiteiten, het aangename weer en, niet te vergeten, de lage prijs van de drankjes in cafés en op terrassen.

Theo en Cobie vroegen honderduit, Joop leverde af en toe een bescheiden bijdrage aan het gesprek en Hannie keek zwijgend van de een naar de ander.

Na een half uurtje excuseerden Suze en Monique zich. Ze moesten naar de pilatesles in hun hotel.

'Zo leuk jullie ontmoet te hebben,' zei Cobie.

'Zeker, hartstikke gezellig. De mensen maken Benidorm ook zo leuk. Je ontmoet echt allerlei aardige mensen,' antwoordde Monique.

'Zien we jullie binnenkort nog ergens?' informeerde Joop langs zijn neus weg.

Suze knikte. 'O, vast wel. Weet je wat? Komen jullie anders vanavond naar ons hotel, daar speelt de ABBA-naspeelband. Hartstikke goed. Als je je ogen dichtdoet, hoor je haast geen verschil. We hebben ze al twee keer gezien, altijd feest.'

'Klinkt goed,' zei Theo, 'mij lijkt het wel wat.'

'Han, jij bent gek op ABBA toch?' vroeg Joop aan zijn vrouw.

'Op ABBA ja, niet op nep.'

'Je kan toch even gaan kijken en luisteren? Als je het niks vindt, ga je gewoon naar huis,' stelde Cobie voor.

* * *

Hannie en Joop zaten zwijgend op hun hotelkamer. Ze hadden net de middagboterham op. Uit zuinigheidsoverwegingen hadden ze halfpension genomen, dus moesten ze de lunch zelf regelen, op de hotelkamer: een glas melk en twee boterhammen, een met kaas en een met hagelslag. Ze hadden voldoende kaas en hagelslag uit Nederland meegenomen voor een paar weken, maar het brood en de melk waren bijna op. Het brood konden ze voortaan meenemen van het ontbijtbuffet, voor de melk moesten ze nog een oplossing vinden.

'Waarom moest jij die dames zo nodig uitnodigen?' verbrak Hannie de stilte.

'Zij hebben óns uitgenodigd.'

'Jij vroeg: "Zien we jullie binnenkort nog ergens?"'

'Ja, en?'

'Nou, dat is toch een uitnodiging?'

'Dat is een doodgewone vraag. En daarna hebben zij óns uitgenodigd om naar die ABBA-band te komen. Dat zou jij toch leuk moeten vinden.'

'Dat vind ik ook best leuk, maar je hoeft toch niet meteen met allerlei mensen aan te pappen?'

'Ik pap niet met allerlei mensen aan. We worden uitgenodigd door twee aardige dames.'

'Jij vindt iedereen altijd aardig.'

'Ja, en misschien zou jij ook eens een keer iemand aardig kunnen vinden. Daar ga je niet dood van, hoor.'

'Ik vind ze een beetje opdringerig.'

Joop haalde zijn schouders op en meldde dat hij siësta ging houden. 'Dat lijkt mij een mooie Spaanse gewoonte om de tijd door te komen. Wil je me om half vier wakker maken? We hebben om vier uur beneden afgesproken met Theo en Cobie voor het welkomstdrankje.'

Hannie antwoordde niet, pakte het bovenste boek van een stapeltje bouquetreeksromans die ze uit Nederland had meegenomen en begon te lezen.

* * *

Toen ze om klokslag vier uur beneden uit de lift stapten, stonden op een tafel in de lobby de welkomstdrankjes al klaar. Achter de tafel stond Imelda, de gastvrouw van het reisbureau.

'Welkom in Benidorm, mevrouw,' zei ze bij het aanreiken van twee biertjes aan de vrouw met het rode haar die haar die ochtend had geplaagd met de vraag of het laat was geworden de avond ervoor.

'Dank je, mop, dat gaat vast wel lukken. Zeg maar Stella, trouwens.'

'Jij komt vast uit Rotterdam,' zei Theo, die naast Stella was komen staan.

'Ken je dat horen dan?' Ze zette haar accent nog wat vetter aan.

'Nauwelijks,' lachte Theo. 'Ik ben Theo en ik kom uit de hoofdstad van Nederland.'

'Je bedoelt de stad van geen daden maar woorden?' vroeg Stella en ze knipoogde.

'Die mooie stad, ja. Leuk je te ontmoeten. Ik ben hier met Joop en Hannie en mijn vrouw Cobie.' Hij wees naar het tafeltje waaraan zijn reisgenoten zaten.

'Ik ben met mijn man Arie, die zit daar.' Ze knikte in de richting van een grote kale man met een snor in een rolstoel. Die stak zijn hand op. Theo deed hetzelfde.

'Hij haat Ajax, ik zeg het maar vast,' grinnikte ze.

'Dat mag, hoor. Haten staat vrij.'

Theo richtte zich vervolgens tot Imelda. 'Heb je voor mij vier glaasjes cava, schat?'

'Natuurlijk, meneer.'

'Heb je ook tonic?' De magere man die die ochtend had geïnformeerd waarom het welkomstdrankje nog niet had plaatsgevonden, had zich tussen Theo en Stella gewrongen.

'Effe rustig, meneer, ze is nog bezig,' merkte Stella op.

De man keek haar geïrriteerd aan, opende zijn mond, aarzelde en sloot hem weer.

'Viermaal cava en welkom in Benidorm,' zei Imelda.

Theo bedankte vriendelijk.

'Heb je ook tonic?' vroeg de magere man weer.

'Nee, sorry, meneer, dat heb ik niet.'

'Doe dan maar bitter lemon.'

De glimlach verdween van het gezicht van het meisje. 'Dat hebben we ook niet.'

'Mooi is dat, lekker welkomstdrankje zo... Wat heb je dan wel?'

'Cava, witte en rode wijn, bier, cola en spa rood.'

De man zuchtte overdreven. 'Doe dan maar een spa rood.'

Imelda gaf hem zijn spa. 'Welkom in Benidorm, meneer.'

Hij pakte het glas aan, draaide zich zonder te antwoorden om en liep weg.

'Nou ja, wat een graftak,' zei Stella. 'Trek het je maar niet aan, hoor, gewoon negeren, dat stuk chagrijn,' troostte ze Imelda, die er beteuterd bij stond.

Ook Theo schudde zijn hoofd over zo veel lompheid.

* * *

'Ik voel me tien jaar jonger!' schreeuwde Cobie boven de muziek uit.

De discolampen knipperden op de maat van 'Dancing Queen'.

'Ik word een beetje epileptisch van dat licht,' klaagde Hannie.

'Je moet af en toe even je ogen dichtdoen,' raadde Theo haar aan, 'dan zie je ook niet dat ze niet zo erg op ABBA lijken. Ik vind ze wel goed spelen, trouwens. Met je ogen dicht lijkt het er best op. Toch, Han?'

Het klonk inderdaad best aardig, vond ook Hannie. 'Maar ik wil niet al te laat naar huis. Ik ben moe en er komen nog zat avonden.'

'Han! We zijn net een kwartiertje binnen,' protesteerde Joop.

'Nou en? Ik zeg het gewoon vast.'

Het viertal zat aan een tafeltje aan de zijkant van een flinke feestzaal in de kelder van hotel Paloma Dream. Het was nog niet druk, hooguit een kwart van de tafeltjes was bezet en de dansvloer was leeg. Op een podium stond de ABBA-naspeelband, die wonderlijk genoeg uit drie personen bestond: een man met een Björn-baardje en een gitaar, een dikke kalende man achter een keyboard waar ook het drumstel in schuilging en een geblondeerde zangeres die richting de zestig ging en zich in een mooie glitterjurk had geperst, maar er toch niet echt uitzag als Agnetha. Ook niet als Anni-Frid trouwens.

Uit de Spaanse aankondiging was niet helemaal duidelijk geworden of er een zangeres ontbrak of dat deze ABBA eigenlijk een trio was. De gitarist loste het personele probleem op door niet alleen gitaar te spelen, maar ook Anni-Frid te vervangen.

Theo kwam terug van de bar met twee bier en twee zoete witte wijn en er werd geproost.

'Op een lekkere overwintering!' riep Theo.

'Wat voor overwinning?' riep Joop terug.

'Op een lekkere vakantie!' schreeuwde Theo nog iets harder.

Cobie keek speurend de zaal rond. Haar gezicht klaarde op toen ze bij de ingang van de zaal Suze en Monique zag staan. Ze zwaaide uitgelaten, maar de twee vriendinnen zagen haar niet en gingen aan de andere kant van de zaal zitten.

'Daar zijn Monique en Suze, maar ze hebben ons niet gezien!' schreeuwde Cobie in Theo's oor. 'Ik ga ze wel even halen.' Ze stond op en liep de zaal door.

Joop keek alsof het hem niet interesseerde.

Even later troonde Cobie Monique en Suze mee naar hun tafeltje.

Er werd enthousiast begroet en er werden duimen opgestoken.

Joop schreeuwde 'Drinken?' en maakte een drankgebaar.

De nieuwkomers knikten en mimeden 'witte wijn' en 'droog'. Het duurde even voordat Joop dat laatste woord had ontcijferd en ook de anderen hun bestelling hadden doorgegeven. Hij toog naar de bar en even later serveerde hij de drankjes.

De glazen werden geheven.

Het volgende kwartier keek het gezelschap naar de band, zong hier en daar een refrein mee, maar verder zaten ze een beetje ongemakkelijk bij elkaar. De muziek was zo hard dat je je nauwelijks verstaanbaar kon maken. Je kon niet veel meer doen dan af en toe iets in iemands oor schreeuwen of met handen en voeten iets uitbeelden.

De eerste gasten verschenen op de dansvloer en dat was voor Theo het sein om Cobie ten dans te vragen.

Joop aarzelde, keek even naar zijn vrouw en daarna terloops naar Suze.

Hannie keek strak voor zich uit.

Suze en Monique wisselden een blik van verstandhouding. Toen stond Suze op en richtte zich tot Hannie. Met gebaren vroeg ze of het goed was als zij Joop ten dans zou vragen.

Hannie knikte en wuifde het stel naar de dansvloer.

De muurbloempjes bleven over: Monique aan de ene kant van een verder lege tafel en Hannie aan de andere kant. Ze keken naar de dansende paren en zwegen.

* * *

Het ontbijtbuffet was dagelijks tussen zeven en tien uur geopend. Uit angst dat bijvoorbeeld de gekookte eitjes op zouden zijn, waren de twee stellen de eerste ochtend voor de zekerheid al om acht uur aangeschoven en hadden hun bordjes flink volgeladen. Dat bleek niet nodig; toen ze ruim een uur later weggingen, was er nog steeds meer dan genoeg van alles.

Daarna hadden ze besloten dat negen uur voortaan een mooie ontbijttijd was, het was tenslotte vakantie.

Toen ze de tweede ochtend uitgegeten waren, overzag Joop hun met bordjes, schaaltjes, glazen en kopjes volgeladen ontbijttafel.

'Weet je wat het probleem is,' zei hij bedachtzaam, 'als er zo veel keuze is, ga je ook veel meer eten. Thuis neem ik één boterham, één beschuitje en een kopje thee, en nu heb ik...' hij dacht even na, '... een croissantje, een wit bolletje met ei, een cracker met kaas, een beschuitje met jam, yoghurt met muesli, en zo'n chocoladestengel op. En een kiwi, maar die was een beetje rot. En thee en jus d'orange. En misschien zo meteen vast een kopje koffie. Dat is best wel veel, alles bij elkaar.'

Cobie knikte. 'Als we zo nog twee maanden doorgaan, komen we met z'n vieren bij elkaar misschien wel honderd kilo aan. En dat is veel, hoor, honderd kilo. Ga maar eens honderd kilo gehakt bij de slager halen, moet jij eens zien wat een enorme berg dat is.'

Joop schudde zijn hoofd. 'Honderd kilo is veel te veel, Cobie, dat kan nooit, maar vijf kilo de man zou best wel eens kunnen.'

'Dat is geeneens een kilo per persoon per week,' rekende Theo voor, 'dus dat zou héél goed kunnen.'

Hannie keek bedenkelijk van haar bord naar haar buik en terug naar haar bord, waar nog een boterham met gebakken ei en spek op lag. Ze aarzelde even en schoof toen het bord van zich af. 'Ik heb niet zo'n trek meer.'

'We moeten vooral veel bewegen,' zei Cobie, 'wandelen, zwemmen, misschien ochtendgymnastiek. Hebben ze dat hier?'

'Ik heb wel ergens yoga en pilates zien staan. Maar dat kan ik echt niet. Dan breek ik van alles,' zuchtte Theo.

'Kunnen we hier niet *Nederland in Beweging* ontvangen, van Omroep MAX?' vroeg Cobie zich hardop af, 'dat doe ik thuis ook elke dag.'

'Ik ga straks bij Imelda informeren of dat hier op tv is en anders of er ergens gymnastiek voor ouderen is,' besloot Theo, 'dan kunnen we tenminste appeltaart met slagroom blijven eten.'

'Ik ga elke dag zwemmen.'

Iedereen viel stil en keek verbaasd naar Hannie.

'Ja, echt. Ik ga elke dag zwemmen. Kan ik aan de strakte van mijn badpak voelen of ik niet steeds dikker word.'

* * *

'Dus, Thé, als je zeven keer hebt geslagen en hij zit er nog niet in, dan moet je stoppen en acht opschrijven,' legde Joop uit aan zijn vriend, die zacht vloekend het midgetgolfballetje voor de zevende keer het heuveltje op en aan de andere kant weer af zag rollen zonder bovenop in het gaatje te vallen.

De gasten van hotel Miramar mochten met een flinke korting gebruikmaken van de midgetgolfbaan van het hotel ernaast en dus had het viertal besloten van dit buitenkansje gebruik te maken en die middag een rondje te spelen.

De zon scheen uitbundig en ze hadden het naar hun zin.

'Je wordt er niet moe van, maar het is toch sporten,' zei Joop vrolijk.

'Net zoiets als sportvissen,' vulde Theo aan.

'Nou, ik snap totaal niet wat vissen met sporten te maken heeft, behalve dan dat woord,' vond Hannie. 'Jij bent, Cobie.'

Cobie hoorde het niet; ze stond een paar meter verderop midden op het paadje te oefenen.

'Mag ik er even door, Tiger Woods?' klonk het in onvervalst Rotterdams. Cobie keek om en vervolgens naar beneden. Daar zat Arie – de forse, kale Rotterdammer met zijn imposante snor – in zijn rolstoel.

'Tiger Woods?' vroeg ze verbaasd.

'Dat is de beste golfer van de wereld.'

'O... die ken ik niet. Doet die ook aan midgetgolf?'

'Vast wel,' antwoordde Arie, 'maar nu moet ik naar baan twaalf voor weer een hole-in-one.' Hij keek om. Daar kwam zijn vrouw aangelopen.

'Hallo, ik ben Stella. En jij bent Cobie, toch?'

'Hoe weet jij dat?'

'Ik heb gisteren bij het welkomstdrankje kennisgemaakt met je man en hij heeft jullie aangewezen.'

'Dat heb je dan goed onthouden.'

'Ik heb een heel goed geheugen voor namen en gezichten,' legde Stella uit.

'Zij moet alles onthouden voor twee. Want mijn geheugen is meer een zwart gat. Daar kan niks uit ontsnappen,' bulderde Arie. Zijn galmende stem paste bij de glimmende kale schedel, de ruige snor en de gespierde, getatoeëerde armen. De rolstoel viel daarbij nogal uit de toon.

Intussen waren Hannie, Joop en Theo erbij komen staan.

'We hebben jou gisteren bij het welkomstdrankje gezien,' richtte Theo zich tot Arie. 'Ik zal ons even voorstellen: ik ben Theo, dat is mijn vrouw Cobie en dat zijn onze beste vrienden Joop en Hannie.'

'Ik ben Arie dus. Mijn eigen naam kan ik nog net onthouden. En die van Stella natuurlijk.'

'Zal ik meteen even vertellen waarom je in die rolstoel zit, Arie? Dan hebben we dat maar gehad. Lijkt me wel zo handig.'

Arie maakte een elegant uitnodigend armgebaar.

'Een ongeluk op zijn werk. Een collega is met een vorkheftruck tegen een pallet met betonnen wasbakken aan gereden en Arie stond erachter, of eigenlijk lag hij er meer onder. Dwarslaesie. Gelukkig heb-ie armen als hijskranen en gaat-ie met zijn rolstoel nu harder dan-ie vroeger kon lopen. Toch?'

Arie grijnsde van oor tot oor.

'Nou, jij bent geen type dat bij de pakken neer gaat zitten, lijkt me,' zei Theo.

'Vinden jullie het leuk om straks samen wat te drinken op het terras?' Joop keek verbaasd naar zijn vrouw. Had ze nou twee wildvreemde mensen uitgenodigd voor een drankje?

'*And de winner is*... met een score van 64...' Joop roffelde met zijn vingers op het tafeltje, 'Cobie van Schaik. Applaus.'

'Hoho.' Stella stak een hand op. 'Mag ik even *your attention*? Ik heb hier iemand met een score van maar 59 punten en dat is... helemaal uit Rotterdam... *the one and only*... Arie Vestering!'

Er werd gejuicht en geklapt.

De zes vakantiegangers zaten op het terrasje bij de midgetgolfbaan en genoten van de zon en hun drankjes.

Hannie leunde achterover, sloot haar ogen en nipte van haar witte wijn. Er speelde een tevreden glimlach over haar gezicht.

* * *

Theo had het nagevraagd bij hun hostess Imelda: *Nederland in Beweging* was niet te ontvangen op de Spaanse televisie.

'Maar...' zei Theo en hij bouwde de spanning op alsof er iemand een grote prijs ging winnen, 'ze had ook goed nieuws: er is op maandag, woensdag en vrijdag gymnastiek voor ouderen. Toegankelijk voor iedereen. Zullen we dat een keer proberen?'

Hij keek de ontbijttafel rond. Joop had net een half croissantje in zijn mond gepropt en kon even niets zeggen. Hannie roerde zwijgend in haar koffie. Cobie had het nieuws eerder die ochtend al vernomen van haar man, maar zij reageerde alsof ze blij verrast was.

'Hartstikke leuk, Theo, ik doe mee.'

Joop vroeg met volle mond: 'Waar gaat dat plaatsvinden, die gymles?'

'Op het strand. Ik weet nog niet precies waar, maar in ieder geval lekker in de buitenlucht,' antwoordde Theo.

'Ik ga niet gymmen waar iedereen me kan zien, voor geen goud,' zei Hannie meteen.

Joop keek haar vermoeid aan.

'Wat maakt dat nou uit? Je staat midden tussen de andere bejaarden.'

'Ik ben niet bejaard.'

'We zijn nou eenmaal niet meer moeders mooiste, Han, maar dat geeft toch niks,' probeerde Cobie haar vriendin over te halen.

'Ik doe het niet.'

'Maar je gaat wel elke dag zwemmen, zeg je zelf. Kan toch ook iedereen je zien. Of ga je soms zwemmen met je jas aan?' zei Joop.

'Bij het zwemmen zit ik onder water.'

'Je moet er toch ook in en uit.'

'Dan heb ik een badjas aan.'

'Nou, ga je niet mee gymmen. Graag of traag,' beëindigde Joop de discussie. En tegen Theo: 'Ik ga morgen gezellig mee gymnastieken. Ik hoop dat we apenspel krijgen.'

'Misschien zijn er nog leuke dames voor je bij,' zei Hannie snibbig.

‘Anders ga je alleen mee om te kijken, Hannie,’ probeerde Cobie, ‘wie weet krijg je toch de smaak te pakken.’

‘Ik zie wel.’

‘Gaan we straks nog iets doen?’ vroeg Theo. ‘Ik heb wel weer trek in appeltaart. Met daarna een lekker strandwandelingetje?’

‘Wat heb jij toch altijd een goeie ideeën, schat,’ reageerde zijn vrouw.

Joop stak twee duimen op.

Hannie keek aarzelend naar die duimen en knikte daarna richting Theo. ‘Als we maar niet te lang gaan wandelen. Je weet, ik heb moeilijke voeten.’

‘Mag je terug op mijn rug, Han. Als ik jouw slagroom krijg,’ lachte die.

‘En ik kan trouwens toch niet al te lang wegblijven in verband met Basje,’ voegde Hannie er nog aan toe.

* * *

Op hun twaalfde hadden Joop en Theo elkaar voor het eerst ontmoet in de eerste klas van de mulo in Amstelveen. Ze zaten naast elkaar in de schoolbanken.

Ze werden boezemvrienden en samen doorliepen ze de middelbare school. Daarnaast zaten ze bij dezelfde voetbalclub. Ze waren samen uitgegaan en samen dronken geworden. Toen ze wat ouder werden, hadden ze het voetballen verruild voor vissen.

Na een paar weinig memorabele baantjes via een uitzendbureau was Joop aangenomen als junior beleidsambtenaar bij de gemeente Amstelveen, afdeling Openbare Ruimte, onderafdeling Groen. Hij hield van bloemen, plantjes en bomen. En van zekerheid. Na achtendertig jaar bij de gemeente gewerkt te hebben was hij op zijn vierenzestigste 'met een heel gunstige regeling' afgezwaaid.

Theo was na zijn diensttijd gaan werken bij een verffabriek in Amsterdam-Noord en was daar stapje voor stapje opgeklommen tot bedrijfsleider, tot de fabriek werd opgekocht door een multinational die weinig ophad met oud en duur personeel. De nieuwe directie had het Theo niet makkelijk gemaakt. Langzaam maar zeker had hij het plezier in zijn werk verloren en toen ze hem uiteindelijk ontsloegen met een flinke oprotpremie was hij daar niet rouwig om geweest.

Theo was op zijn zesentwintigste getrouwd met Cobie, en Joop een jaar later met Hannie. Ze waren getuigen geweest op elkaars huwelijk. De vrouwen waren vriendinnen geworden en de twee stellen trokken nu al zo'n veertig jaar met elkaar op. Elke woensdag speelden ze klaverjas, de ene week bij Cobie en Theo en de andere week bij Joop en Hannie.

De laatste vijftien jaar stonden ze ook twee keer per jaar met hun caravans naast elkaar op hun vaste veldje op camping Haeghehorst op de Veluwe: twee weken in juni en twee weken in september. Dat was rustiger en goedkoper dan in juli of augustus en je had toch nog best een goede kans op mooi weer.

En nu, ruim een halve eeuw nadat Joop en Theo voor het eerst naast elkaar in een schoolbank hadden plaatsgenomen, zaten ze naast elkaar op een bankje in de tuin van een hotel in Benidorm en keken naar hun vrouwen, die traag baantjes trokken in het zwembad van hotel Miramar.

'Het is toch gek, hè,' zei Joop peinzend, 'we gaan al ik weet niet hoelang samen met de caravan op stap, maar we hebben nog nooit met elkaar in een hotel gezeten.'

'En, wat vind je ervan?' vroeg Theo.

Joop aarzelde. 'Ik weet het niet. Ik vind met de caravan in Nederland wel wat... hoe zal ik het zeggen... wat overzichtelijker.'

'Je weet natuurlijk wat je hebt op de camping. Vooral omdat we altijd naar dezelfde gaan. Dit is meer avontuurlijk. Qua taal en gewoontes en zo.'

'Het is een prima hotel, daar niet van, en best goed eten, maar op de camping heb je toch meer vrijheid.'

Theo knikte. 'Ja, dat is wel waar, maar in de winter kan je niet kamperen in Nederland en wel hier zitten. In het zonnetje naast het zwembad.'

'Even onder ons, hoor, maar ik ben altijd blij als ik na twee weken kamperen weer lekker naar huis kan. Nu moeten we twee maanden in Benidorm zitten. Dat is best wel lang.'

'Jezus, Joop, je bent hier pas een paar dagen en nu al heimwee? Dat is geen goed teken.'

'Nou, zo erg is het nog niet, maar thuis heb ik mijn eigen bedoeninkje. Kan ik knutselen in de schuur, heb ik mijn loopje naar de bakker, mijn volkstuin...'

'Je moet gewoon even wennen.'

Joop zuchtte. 'Je kan geen kant op in zo'n hotelkamer. Je zit op elkaars lip. Ik krijg het gewoon een beetje benauwd als ik eraan denk dat ik nog zeven weken moet.'

'Ik vind het heel gezellig.'

'Ja, maar jij hebt een gezellige vrouw. Ik zit met Hannie. En dat is niet bepaald het zonnetje in huis, dat weet jij ook wel. Daarom ga ik ook zo graag met jullie op stap. Jullie brengen altijd, hoe zal ik het zeggen... een beetje... lichtheid.'

‘Lichtheid?’ herhaalde Theo nadenkend. Hij keek even opzij naar zijn vriend en staarde vervolgens weer naar het zwembad. Toen vroeg hij plompverloren: ‘Waarom ben je eigenlijk met haar getrouwd?’

Joop dacht na en haalde toen langzaam zijn schouders op. ‘Ik weet het eigenlijk niet zo goed.’ Hij pauzeerde even. ‘Misschien was ik bang alleen over te blijven. Ik was voor ik haar leerde kennen al twee keer gedumpt.’

‘Maar ze had toch ook leuke punten,’ probeerde Theo.

‘Ja, twee,’ grinnikte Joop. Theo grinnikte mee.

Twintig meter verderop gleden nog steeds een roze en een lichtblauwe badmuts langzaam heen en weer door het water.

‘Wat vooral niet meehielp is dat we geen kinderen kregen. Hannie wilde heel graag kinderen. We waren er helemaal klaar voor ook: een huis met genoeg kamers, Hannie had haar baan als secretaresse al bijna opgezegd.’

‘En jij?’ vroeg Theo.

‘Mij leek het ook leuk. Het verandert je leven, geeft je een doel of zo. En ik zag natuurlijk hoe leuk jullie het hadden met Anneke en Wesley.’

Theo knikte. ‘Wij hebben de twee leukste kinderen van de wereld. En nu ook al drie kleinkinderen.’

Joop keek weg.

‘Maar het geeft ook zorgen, hoor,’ voegde Theo er snel aan toe.

‘Voor Hannie werd het een obsessie,’ zei Joop. ‘Ik mag nog min of meer van geluk spreken dat het niet aan mij lag. Dat is allemaal onderzocht. Hoewel… dan was ze misschien wel op zoek gegaan naar een andere man… wie weet hoe… of een donor…’

‘Denk je?’

‘Ja, dat zou goed gekund hebben. Zou misschien niet eens…’

Joop zweeg even. 'Het heeft haar erg veranderd,' ging hij toen verder. 'Ze geeft zichzelf de schuld. Het was al niet zo'n vrolijke tante. Het lijkt wel of ze niet meer gelukkig wíl zijn.'

Aan Theo's gezicht te zien kon hij zich daar niets bij voorstellen.

Ze zwegen en keken naar het zwembad.

Hannie en Cobie waren uitgezwommen en kwamen naar hen toe gelopen.

'Het was heerlijk!' riep Cobie.

'Nou, voor mij had het water wel wat warmer gekund,' klaagde Hannie. 'Verwarmd zwembad stond er in de folder, nou, als dit verwarmd is...'

Joop keek zijn vriend veelbetekenend aan.

* * *

Monique en Suze waren kort voor het avondeten langsgekomen in hotel Miramar om bij hun nieuwe vrienden te informeren of zij nog iets leuks gingen doen die avond.

Theo had het activiteitenprogramma tevoorschijn gehaald en voorgelezen: 'Mister Altobelli laat u van de ene verbazing in de andere vallen met Bella, Koko, Perla, Paco en Rossi, zijn prachtige en o zo slimme papegaaien. Van negen tot tien uur in de Alfonso-zaal.'

'Jeetje, wat laat, ik weet niet of ik dat trek,' pruttelde Hannie.

Suze probeerde haar te vleien. 'Tuurlijk wel, Han, ik trek wel een beetje met je mee. Gezellig als je er bent en met een wijntje erbij is dat papegaaienuurtje zo voorbij.'

Hannie leek een beetje van haar stuk gebracht, alsof ze even niet wist hoe ze moest kijken: geërgerd, verbaasd of vereerd. Het werd iets ertussenin.

Een grote rood-geel-blauwe papegaai reed rondjes op een piepklein fietsje over een langwerpig houten podiumpje.

'*Applauso for Bella!*' riep de directeur van het vogelcircus, die zich had voorgesteld als Mister Altobelli.

'Ik vind het een beetje zielig voor die beesten,' fluisterde Cobie in Theo's oor.

'Waarom zielig?' vroeg die iets te hard. 'Ze krijgen er toch een beloning voor?'

'Sssst, niet zo hard,' siste Cobie geschrokken.

Bella werd bedankt en teruggezet op haar stok.

'*And now Koko, the Houdini of the parrots!*' riep de dompteur.

Hij zette een kooi op tafel en stopte papegaai Perla erin. Vervolgens deed hij de kooi met veel misbaar op slot en stopte het sleuteltje in een kistje dat ernaast stond. Daarna haalde hij een tweede papegaai van zijn stok en zette die op de tafel naast de kooi.

'*Go, Koko, go*,' moedigde hij de vogel aan.

Koko keek argwanend om zich heen, maar maakte geen aanstalten om in actie te komen.

Pas toen zijn baas hem naar het kistje had geduwd en ook nog het dekseltje had geopend, pakte Koko met zijn snavel het sleuteltje. Hij dribbelde nog wat heen en weer en stopte toen – opwinding alom – het sleuteltje in het slotje om meteen daarna zijn beloning op te eisen bij Altobelli.

Die duwde de vogel tamelijk hardhandig terug: hij kreeg pas een nootje toen hij na lang aandringen ook het deurtje met zijn snavel had opengetrokken.

Het was wel een beetje een anticlimax dat Perla niet bevrijd wilde worden en in de kooi bleef zitten.

'Dit was de beste papegaaienshow van mijn leven,' lachte Theo toen ze even later met een drankje aan de bar zaten. 'En mijn eerste.'

'En mijn láátste. Ik vond het zielig,' protesteerde Cobie.

Hannie was het met haar eens.

'Ik vond het wel grappig,' zei Suze.

Monique twijfelde nog tussen grappig en zielig. 'Ik vind het moeilijk, hoor. Wat zou er eigenlijk omgaan in het hoofd van een papegaai?'

Daar wist niemand het antwoord op.

'Gelukkig was de Partij voor de Dieren niet aanwezig vanavond, want dan was die Altobelli zelf in een kooi gestopt,' zei Joop.

'En ook gelukkig is dat het bier weer uitstekend smaakt vanavond. En de wijn ook, hoop ik?' Theo stak zijn glas in de lucht. 'Op Benidorm.'

* * *

De volgende ochtend bij het ontbijt zei Cobie zachtjes: 'Misschien niet zo'n fris praatje, maar, eh... ik kan niet.'

'Wat kan je niet?' informeerde Hannie.

'Poepen,' zei Cobie nog zachter, 'ik kan al vier dagen niet poepen.'

'Zitten we hier dus eigenlijk gewoon met een zak stront aan de ontbijttafel,' grapte Theo.

‘Thé!’ zeiden de dames hoogst verontwaardigd in koor.

‘Sorry, dat was een beetje grof. Zo bedoelde ik het niet.’ Theo was er zelf van geschrokken.

‘Je moet pruimen eten,’ adviseerde Hannie.

‘Pruimen? Er zijn nu geen pruimen. Het is december,’ wierp Cobie tegen.

‘Er zijn wel al aardbeien,’ wist Theo, ‘van die grote keiharde aardbeien zonder smaak.’

‘Zwarte koffie helpt ook,’ zei Joop.

‘Ik lust geen zwarte koffie.’

‘Ja, dan houdt het op. Moet je gewoon maar wachten tot het vanzelf op gang komt. Dik of dun.’ Theo nam een hap van zijn boterham met Spaanse pindakaas.

Hannie schoof haar ontbijtbordje weg. Ze had geen trek meer.

‘Denk je dat je er wel mee kan gymnastieken?’ vroeg Joop.

Cobie dacht van wel.

* * *

Om half tien wandelden ze gevieren het hotel uit.

Het was een kleine maar opvallende stoet.

Theo had een te korte, vaalblauwe trainingsbroek aan en een Adidas-trainingsjack dat zo oud was dat het inmiddels bij de jeugd weer helemaal hip was geworden.

Joop had geen trainingspak en moest gymmen in zijn bruine afritsbroek en een oude trui.

Beide mannen droegen hoog opgetrokken witte sokken in hun bruine sandalen.

Cobie zag er vrolijk uit in een gele legging en een rood shirt met daarover een blauwe bodywarmer. Daaronder een paar hippe sneakers.

Hannie had haar gewone kleren aan met daarover haar zomerjas. 'Ik ga alleen mee om te kijken,' had ze wel drie keer gezegd.

Ze kwamen na een korte wandeling aan bij Playa de Levante, de plaats waar de openbare gymnastiekles gegeven zou worden. Ze waren bepaald niet de enigen: vele tientallen ouderen stonden al klaar op het strand. Een veelkleurig gezelschap, in alle soorten en maten, maar wel allemaal boven de vijftig, op een na: een in een sexy gympakje gestoken, gespierde vrouw van een jaar of dertig. Dat was de juf. Ze keek tevreden rond en groette enthousiast bekenden. Hier en daar werden al rek- en strekoefeningen gedaan.

'Wat een aanstellerij allemaal,' vond Hannie. 'Ik kijk wel vanaf het terras daar.' Ze wees naar een plek twintig meter verderop.

'Tuurlijk, schat,' zei Cobie, 'en wie weet vind je het toch leuk genoeg om zelf ook een keer mee te doen.'

'Ja, wie weet,' schamperde Hannie.

De juf zette haar microfoontje aan en uit een geluidsbox die naast haar in het zand stond klonk opgewekt: '*Good morning, guten Morgen*, goedemorgen allemaal, *my name is Kiki. Welcome all of you.*'

Er startte een vlot muziekje.

'*Everybody ready*, iedereen klaar? *Let's go.*'

Ze begon met een paar eenvoudige oefeningen. Stapje links, stapje rechts, vooruit, achteruit. Het duurde bij iedere nieuwe oefening steeds even voordat de meeste deelnemers ongeveer hetzelfde deden als de docent en dan ook nog in het juiste tempo.

Cobie, Theo en Joop stonden naast elkaar en moesten het meer van hun inzet dan van hun talent hebben. Vooral links en rechts leverde bij Joop een paar keer problemen op, waardoor er enkele botsinkjes plaatsvonden tussen Joop en Theo. Cobie kreeg de slappe lach en moest even naar de kant.

Verder was de inzet en de ernst van de deelnemers vertederend.

Kiki moedigde haar leerlingen enthousiast aan.

Theo zweette als een rund. Cobie had een vuurrood hoofd.

'Ik hoop dat onze juf ook een cursus reanimeren heeft gedaan,' hijgde Joop tussen twee oefeningen door.

Na een half uur was het klaar.

'*Applause for yourself*, voor jezelf, *für dich selbst*,' besloot Kiki de les.

Overal werd geklapt. Theo liet zich theatraal in het zachte zand vallen. Cobie gaf hem een zoen. 'Trots op je, oudje.'

Een paar minuten later zaten ze aan het tafeltje bij Hannie. Joop bestelde Fanta, Cobie wilde spa rood en Theo vond dat hij wel een klein biertje had verdiend. Hannie zat stuurs achter haar tweede koffie.

'En, hoe vond je ons?' vroeg Cobie haar.

'Ik ga liever zwemmen,' antwoordde ze.

'Dat vroeg Cobie niet,' zei Joop scherp, 'ze vroeg hoe je ons vond.'

Hannie schrok een beetje van de uitval van haar man.

'Het ging best wel goed. Jullie, eh... jullie vielen niet uit de toon, in ieder geval.'

'Ik vond het heerlijk en ik heb ook nog lekker gelachen,' concludeerde Cobie.

'En een leuk juffie,' vond Theo en hij likte een toefje schuim van zijn bovenlip.

* * *

Theo en Cobie gingen die middag niet mee naar het strand. Zij hadden van Imelda het adres van een apotheek gekregen en waren daar nu naar op weg.

Volgens de hostess was het een hele goeie apotheek.

'Heb je ook slechte dan?' had Cobie haar verbaasd gevraagd. Dat wist Imelda niet.

'Spreken ze er Nederlands?' informeerde Theo. Ook op die vraag moest Imelda het antwoord schuldig blijven.

Cobie zag er nogal tegen op om in een drukke apotheek met gebaren duidelijk te moeten maken dat ze al vier dagen niet naar de wc was geweest en daarom had Theo op Google Translate opgezocht wat 'verstopping' was in het Spaans en dat op een briefje geschreven om aan de apotheker te geven. Dan moest het wel lukken.

Joop en Hannie hadden aangeboden mee te gaan, maar dat was écht niet nodig, had Cobie ze drie keer verzekerd, dus liepen Joop en zijn vrouw na de middagboterham met z'n tweeën het strand op. Het was perfect ouderenweer: zonnig, niet te warm, niet te koud en geen wind.

'Zal ik een stoel voor je huren?' vroeg Joop.

'Dat vind ik zonde, betalen om te mogen zitten,' antwoordde Hannie, 'dan ga ik wel in het zand liggen.'

'Maar je weet niet eens hoeveel het kost.'

'Hoeveel kost het dan?'

'Dat weet ik niet.'

'Nou, ga het dan vragen. Alsjeblieft.'

Joop liep naar de strandstoelen die een meter of dertig verderop opgestapeld stonden naast een houten keetje, aan de rand van de boulevard. Daar keek hij zoekend rond naar een verhuurder.

Hannie zakte intussen moeizaam neer op de badhanddoek die ze voor zichzelf had uitgespreid. Ze ontdeed zich van schoenen en sokken en begon haar spierwitte kuiten in te smeren met zonnebrand. Daarna waren haar armen aan de beurt. Het hoofd hoefde niet, want dat bleef in de schaduw van een grote, ouderwetse zonnehoed. Ze pakte haar boek uit haar tas en zocht een aangename houding om te lezen. Ze schoof met haar billen heen en weer om een kuil te maken in het zand en probeerde vervolgens of ze de strandtas als ruggensteun kon gebruiken. Echt comfortabel werd het niet. Ze keek om naar haar man. Die drentelde nog steeds rond bij de strandstoelen, op zoek naar bijbehorend personeel.

Hannie zwaaide naar hem. Joop zwaaide terug. Ze gebaarde dat hij terug moest komen. Hij stak vragend zijn handen in de lucht. Ze wees naar de stoelen en knikte heftig van ja. Ze mimede dat hij een stoel moest pakken en meenemen. Joop aarzelde, keek nogmaals rond, pakte toen een strandstoel en begon die door het zand te slepen.

'Ik weet nog niet hoeveel het kost, hoor, er is niemand om het aan te vragen,' zei hij verontschuldigend toen hij met de stoel bij zijn vrouw was aangekomen.

'We gokken het er maar op, want dit zand zit voor geen meter,' zei Hannie, 'zo kan ik niet fatsoenlijk lezen.'

'Wat jij wil.' Joop zette de strandstoel voor haar neer. 'Ga zitten, schat.'

Hannie gunde hem een klein knikje.

Ze legde haar handdoek op de stoel en installeerde zich met een flesje water, bakje fruitsalade en zonnebrand binnen handbereik en was even later verdiept in haar boek.

Joop stond naast de stoel en staarde naar zee.

‘Blijf je staan?’ vroeg zijn vrouw zonder op te kijken.

‘Ik ga even pootjebaden en een stukkie lopen.’

Joop trok zijn sandalen en sokken uit, nam ze in de hand, wandelde naar de vloedlijn en stapte voorzichtig het water in. Golven waren er nauwelijks. Het water was kouder dan hij had gedacht. Hij keek om zich heen. Er was niemand in zee. Hier en daar zaten wel wat mensen op het strand. Alleen maar oudere stellen, zoals hij en Hannie, op een klein jongetje na dat in de weer was met een schepje en een emmertje. De vader riep van een afstandje, over de rand van zijn telefoon, aanwijzingen hoe het zandkasteel eruit moest gaan zien.

Joop keek om naar zijn vrouw op de ligstoel. Ze was verdiept in haar roman. Hij had geen zin om naast haar te gaan zitten. Hij hield niet van lezen. Hij had het geprobeerd, maar verder dan tien, twintig bladzijdes kwam hij niet. Hij kon zich niet herinneren wanneer hij voor het laatst het einde van een boek had gehaald. Hij was jaloers op mensen die zich bladzijde na bladzijde konden verliezen in een wereld van woorden. Hannie moest aan het einde van een boek vaak een traantje wegpinken.

Joop kon uren naar een dobbertje kijken, maar al ving hij nog zo’n grote vis, hij hoefde er nooit van te huilen.

Hij stapte uit het water en ging op het zand zitten. Bij gebrek aan een handdoek, die nog bij Hannie lag, droogde hij zijn voeten af met zijn sokken en stapte daarna met zijn natte sokken in zijn sandalen. Hij stond op, sloeg het zand van zijn broek en begon aan een wandeling langs de vloedlijn.

‘Altijd eerst wind tegen,’ mompelde hij tegen zichzelf.

Met aan de ene kant de blauwe zee en aan de andere kant de boulevard en de lange rij hotels, ging hij op weg naar het einde van de baai.

Daar aangekomen keek hij op zijn horloge. Hij was nu twintig minuten onderweg. Was het al tijd om terug te gaan? Hannie had aan een uur lezen niet genoeg. Moest hij er doelloos naast gaan zitten? Nee, dan kon hij net zo goed hier ergens op een terrasje gaan zitten, een biertje drinken en mensen kijken.

'Hé, Jopie.'

Verbaasd keek Joop om zich heen.

'Hier ben ik.' Tien meter verderop zat Arie, de man in de rolstoel uit hun hotel, naar hem te zwaaien vanaf het terras van café De Rode Walvis.

Joop liep naar hem toe.

Arie maakte een uitnodigend gebaar naar de vrije stoel naast hem.

'Je ziet eruit alsof je wel een biertje lust.'

'Dat heb je goed gezien, eh... Sorry, maar ik ben even je naam kwijt.'

'Arie. Geeft niks, hoor, ik kan ook geen namen onthouden. Die van jou toevallig wel omdat mijn schoonvader ook zo heette. Was een goeie gozer.'

Joop schoof aan.

Arie bestelde twee bier bij de Nederlandse serveerster.

Twee minuten later zette die met een klein buiginkje twee glazen neer. 'Alstublieft, heren, geniet ervan.'

'Dank je, schat,' antwoordde Arie en tegen Joop: 'Proost.'

'Proost.'

'Ik zie dat je, net als ik, je vrouw hebt thuisgelaten,' constateerde Arie.

'Nou, niet helemaal. Die ligt een eind verderop te lezen op het strand, dus toen ben ik maar een wandelingetje gaan maken. En jij?'

‘Wij hebben de afspraak dat we in ieder geval ’s middags elk ons eigen gang gaan. Stella is een schat van een wijf, maar ik moet haar niet de godganse dag om me heen hebben, want dan wordt het ruzie.’

‘Dat herken ik wel al na een weekje Benidorm. Je zit hier erg op mekaars lip.’

‘Daarom moet je elkaar vrijlaten, Joop.’

‘Mijn Hannie is niet zo van het vrijlaten. Die is meer van het commanderen. Ze lijkt af en toe wel de sirene van een politie-auto: doe-dit-doe-dat, doe-dit-doe-dat.’

Arie lachte bulderend. ‘Die wil ik graag eens van je lenen,’ hikte hij na, ‘al moet ik eerlijk zeggen dat ik zelf, sinds ik in die rolstoel zit, nog maar weinig commando’s krijg. Zo zie je maar weer: elk nadeel heb zijn voordeel.’

‘Aldus Johan Cruijff,’ zei Joop.

‘Die met Feyenoord nog kampioen van Nederland is geworden,’ voegde Arie er grijnzend aan toe.

‘Dat was een vorm van ontwikkelingshulp van Cruijff,’ lachte Joop terug.

Ze namen een slok van hun bier en koesterden zich in de zon.

‘Hoe bevalt Benidorm?’ vroeg Arie.

‘Ach... wat zal ik zeggen. Op dit precieze moment heel erg goed, maar verder...’

‘Verder wat?’

Joop legde uit dat het hele plan van overwinteren niet van hem kwam, maar van de andere drie en dat hij geen spelbreker had willen zijn. Dat hij niet had durven zeggen dat hij wel thuis zou blijven om op de kat te passen.

Arie knikte. ‘Dat is heel anders dan ik. Ik kan slecht tegen kou sinds ik in die klotestoel zit. En het is lekker voor Stella dat ze een week of zes per jaar niet voor me hoeft te koken en zo. Dat ze zichzelf een beetje kan verwennen met een kappertje, een beetje shoppen, keertje naar de sauna.'

'Dat soort dingen vindt Hannie allemaal overdreven. En te duur.'

'Jammer, anders kon Stella haar af en toe op sleeptouw nemen. Die weet alle leuke plekkies in Benidorm. Ik weet voornamelijk alle leuke cafeetjes. Zullen we er trouwens nog eentje nemen?'

Joop keek op zijn horloge en aarzelde. 'Ach, waarom ook niet?'

'Zo mag ik het horen, vriend.'

Arie bestelde nog twee bier en een pakje sigaretten.

'Hier kan je jezelf tenminste nog voor een schappelijk prijsje de kist in roken,' lachte hij, 'en niet tegen mijn vrouw zeggen dat ik dat gezegd heb, hoor!'

* * *

'Waar bleef je nou zo lang? Ik maakte me hartstikke ongerust,' mopperde Hannie toen Joop een uurtje later weer naast haar ligstoel stond.

'Ik was even wandelen.'

'Even wandelen? Je bent meer dan een uur weggeweest!'

'Ja, en jij hebt meer dan een uur heerlijk kunnen lezen.'

'Hoe kan ik nou rustig lezen als ik niet weet waar jij bent?'

'Nou, dat lijkt me helemaal niet moeilijk. Wat kan er hier trouwens gebeuren?'

'Weet ik veel. Verdwalen of zo.'

'Als je het dan precies weten wil: ik kwam onze vriend in de rolstoel tegen, die van het midgetgolf, en we hebben samen een biertje gedronken.'

'Een?'

'Twee.'

'Twee?'

'Ja, twee.'

'Ik moest ook nog vijf euro voor die stomme stoel betalen,' ging ze boos verder. 'Vijf euro... voor een stoel!'

'Dat is bijna net zoveel als twee biertjes. Dan staan we quitte. Zullen we gaan?'

'Ik heb vijf euro voor die stoel betaald en daar blijf ik dus nog op zitten tot ik mijn boek uit heb.'

'Wat jij wil, schat.' Joop sloeg zijn handdoek uit, spreidde hem uit op het zand en ging liggen. Even later was hij in slaap gevallen.

* * *

'Jeetje, Jopie, wat ben jij verbrand in je nek!' riep Cobie geschrokken uit toen de twee stellen elkaar om zes uur weer ontmoetten voor het inmiddels gebruikelijke drankje aan de bar, voordat ze konden aanschuiven bij het avondbuffet.

'Hij is in slaap gevallen op het strand. Zonder te smeren. Ja, zijn keel had-ie gesmeerd,' legde Hannie ongevraagd uit.

'Ik had twee biertjes gedronken met Arie en ben toen naast mijn vrouw op het strand gaan liggen en zij heeft mij daar levend laten verbranden,' zei Joop.

'Helemaal niet,' protesteerde Hannie.

'Dat was een grapje, Han. Natuurlijk is het mijn eigen schuld. Zo'n oud wit vel kan niet tegen opeens zo veel zon. Maar, iets anders... Hoe ging het bij de apotheek?'

'Nou,' zei Theo, 'dat was best nog een gedoe.'

Hij vertelde dat ze bij de apotheek geen woord Nederlands spraken, dat hij het nog tevergeefs in het Engels had geprobeerd en toen het briefje met daarop *obstrucción* had laten lezen. Dat had alleen maar meer vraagtekens opgeroepen bij de apotheker.

Cobie had vervolgens op haar buik geklopt, om zich heen gekeken of er niemand naar haar keek en toen kort naar haar billen gewezen en er een zacht kreuntje bij gemaakt.

'*Ah... constipación!*' had de vrouw in de witte jas uitgeroepen.

'En toen keek iedereen in die zaak naar me,' zuchtte Cobie.

'Ja, nou ja zeg, gebruiken ze in Spanje gewoon een Nederlands woord?' zei Hannie verbaasd.

'*Obstrucción* betekent blijkbaar iets anders,' zei Theo, nog steeds een beetje teleurgesteld.

'Dus... lang verhaal kort,' ging Cobie verder, 'die apotheekster begreep het en heeft me voor zevenentwintig euro pilletjes én druppels meegegeven, dus dat moet wel goed komen. Als jullie me de komende dagen kwijt zijn, dan zit ik op de wc.' Ze moest er zelf smakelijk om lachen.

Theo klopte zijn vrouw bemoedigend op haar kont, zei dat hij flinke dorst had gekregen van dat constiptie-gedoe en stelde voor maar snel een drankje te nemen.

'Ik word nog een halve alcoholist hier,' zuchtte Joop gemaakt zorgelijk.

Theo sloeg zijn vriend op zijn schouder. 'Een hele zal je bedoelen. Een halve ben je al.'

* * *

'Pas tien dagen voorbij,' mompelde Joop in zichzelf.

'Wat zeg je?' vroeg Theo, die een eindje voor hem liep.

'Dat we vandaag precies tien dagen in Benidorm zijn,' antwoordde Joop.

Cobie, die arm in arm met Hannie een paar meter voor Theo liep, mengde zich in het gesprek.

'Ik heb nog geen moment spijt gehad. Heerlijk hier. En op twee daagjes na ook heerlijk weer. Wat vind jij van Benidorm, Han?'

'Eigenlijk best wel lekker. Basje heeft ook zijn draai gevonden, dat is voor mij heel belangrijk. En ik heb al drie boeken uitgelezen en als ik lees, ben ik gelukkig.'

'Hoe eenvoudig kan het leven zijn,' mompelde Joop.

Ze waren op weg naar de koffie met appeltaart bij café Amsterdam. Ze waren ook een keer, voor de afwisseling, bij een Spaans barretje koffie gaan drinken, maar daar hadden ze geen appeltaart én het tweede kopje koffie was niet gratis, dus bestond het ochtendprogramma sindsdien weer uit een bezoek aan Tonnie en Donnie.

Toen ze binnenkwamen, kon Hannie een lichte teleurstelling niet verbergen. 'Onze tafel is bezet.'

'Geeft niks, Han, daar is ook een mooi tafeltje,' suste Cobie haar.

'Ja, maar niet bij het raam. Ik ben een mens van gewoontes.'

'Ik probeer in zo'n geval dan altijd nieuwe gewoontes uit,' zei Cobie.

'Nieuwe gewoontes bestaan niet, alleen oude gewoontes,' vond Hannie.

'O, is dat zo?'

De eigenaresse kwam opgewekt op hen toegestapt. 'Welkom op deze prachtige dag. Laat me raden: viermaal koffie en viermaal appelgebak, waarvan een zonder slagroom?'

'Klopt als een bus... slagroom,' grijnsde Theo.

Een paar minuten later vorkten ze alle vier aandachtig een flinke punt appeltaart naar binnen, toen Suze en Monique binnenstapten en zich meldden bij hun tafeltje.

'Schik eens in voor onze nieuwe vriendinnen,' riep Theo en hij schoof twee stoelen bij. De nieuwkomers bestelden koffie.

'Het leven is heerlijk hier,' zei Suze en ze keek tevreden rond, 'toch?'

Er werd instemmend geknikt.

'Wij gaan vanavond voor het eerst op salsa,' zei haar vriendin. 'Hebben jullie zin om mee te gaan? Het is een beginnerscursus. Je hoeft er niks voor te kunnen, heeft onze reisleider wel drie keer gezegd.'

'Nou, dat is mijn specialiteit, niks kunnen, dus mij lijkt het wel wat,' lachte Cobie, 'en Theo gaat ook mee, toch, Thé?'

'Tuurlijk, schat. Wat is dat eigenlijk, salsa? Ik dacht dat dat een sausje was.'

Monique legde uit dat salsa inderdaad een saus was, maar ook een Latijns-Amerikaanse dans waarvoor je vooral losse heupen moest hebben.

Theo ging staan en demonstreerde de anderen zijn losheid in de heupen. Zijn forse buik schudde mee. Er werd gelachen.

'En jullie, jullie gaan toch ook gezellig mee?' richtte Monique zich tot Hannie en Joop.

Joop zweeg en keek naar zijn vrouw.

Hannie aarzelde. 'Ik heb een versleten heup. Dus dat is niks voor mij. Wij komen wel kijken,' zei ze toen.

Er viel een stilte. Joop opende zijn mond om iets te zeggen, maar sloot hem weer.

'Had jij eventueel wel gewild, Joop?' vroeg Suze.

'Je moet toch een danspartner hebben?' informeerde Joop.

'Dat is zo, maar misschien zijn er wel losse vrouwen die iemand zoeken,' opperde Theo.

Cobie vond het zielig voor haar vriendin. 'Ik blijf wel bij Hannie, dan kunnen jullie met onze mannen dansen,' stelde ze voor aan Suze en Monique.

'Nee, dat wil ik niet!' reageerde Hannie fel. Iedereen keek haar verbaasd aan. 'Ik bedoel, ik wil niet dat jij je voor mij opoffert, Cobie. Dat vind ik zielig.'

'En is het niet zielig voor Joop dan?' vroeg Suze.

Hannie keek haar koeltjes aan. 'Joop vindt dat niet erg.'

Joop keek weg.

'Wil je het echt niet voorzichtig proberen, Han?' vroeg Theo.

'Ik wil wel, maar ik kán het niet.' Ze keek er oprecht ongelukkig bij.

Joop had een beslissing genomen. 'Wij komen wel kijken. Vind ik ook leuk. En als er iemand geblesseerd raakt, dan val ik in. Of als er een losse vrouw over is. Ik hoef geen losse man.'

'Gek eigenlijk,' vond Cobie, 'twee vrouwen kunnen wel samen dansen, maar twee mannen vinden we raar.'

Suze keek Cobie even aan en zei toen: 'Ja, zeker gek.'

* * *

Theo kwam teruggelopen van het buffet. Hij had voor de derde keer opgeschept: nu een bord vol toetjes.

Hij zette het bord tussen hem en zijn vrouw in: 'Ook voor jou, schat. Als ik alles alleen op moet eten ontplof ik waar iedereen bij zit. Dat zou een bende worden met overal klodders ingewanden.'

'Wil je je vieze praatjes voor je houden, Theo. Ik ben toch al niet zo lekker,' zuchtte Hannie.

Ze zag bleek. Voor haar stond een bord eten waar ze nauwelijks een hap van had genomen.

'Sorry, Han, dat was niet de bedoeling,' verontschuldigde Theo zich.

'O, meid toch, ben je ziek? Wat heb je? Zal ik even een glaasje water voor je halen?' vroeg Cobie bezorgd.

'Heb je misschien te veel gegeten?' suggereerde Joop.

'Nee, Joop, ik heb níét te veel gegeten. Ik heb namelijk bijna niks gegeten.'

'Sorry, ik bedoelde het niet naar. Dus het kan niet van het eten komen,' concludeerde Joop.

'Misschien moet je even gaan liggen. Zal ik je naar je kamer brengen?' stelde Cobie voor.

'Nee, blijf jij maar lekker bij Theo. Joop brengt me wel,' antwoordde Hannie zwakjes, waarna ze flink moest hoesten.

Even fronste Joop zijn wenkbrauwen. Toen stond hij op en bood zijn vrouw zijn arm aan. Moeizaam kwam Hannie overeind. Ze wankelde en klampte zich vast aan Joop. Samen schuifelden ze richting de uitgang van de eetzaal. Na twee meter draaide Hannie zich nog even om.

'Sorry hoor, ik wil geen spelbreker zijn, maar ik ben echt beroerd.'

'Geeft niks, daar kan je toch niks aan doen, aan ziek zijn,' stelde Cobie haar gerust.

'Gauw weer beter worden!' riep Theo haar nog na.

De mensen in de eetzaal keken nu allemaal naar Hannie. Die keek strak naar de grond. Aan de arm van Joop schuifelde ze de eetzaal uit, naar de lift.

Hannie lag met haar kleren aan met gesloten ogen op bed. Basje lag naast haar. Joop stond voor het raam en keek naar buiten.

'Kun je een glaasje water en een paracetamolletje voor me pakken?' vroeg ze zonder haar ogen te openen.

Zwijgend liep Joop naar de badkamer. Even later kwam hij terug met een pilletje en een beker water en gaf het haar met een hoofdknikje.

Ze zuchtte, nam het in en moest kokhalzen.

'Moet je spugen?'

Hannie haalde haar schouders op. 'Ik weet het niet.'

Joop ging op zoek naar iets om in te spugen en kwam even later terug met het pedaalemmertje uit de badkamer.

'Dat is toch niet om in te spugen.'

'Nee, maar als jij iets beters weet...'

'Oké dan, zet maar naast me neer.'

Joop zette het emmertje neer en ging daarna in een van de twee makkelijke stoelen zitten die in de hotelkamer stonden. Hij pakte de afstandsbediening van de televisie, zette hem aan en zapte langzaam langs een eindeloze reeks Spaanse kanalen.

'Mag-ie wat zachter?' klonk het vanuit het bed.

Joop zette de tv zachter.

Nadat hij een kwartier vruchteloos had gezocht naar een programma dat hem interesseerde of dat hij tenminste kon verstaan of begrijpen, zette hij de televisie weer uit.

'Ik denk dat ik even naar beneden ga.'

'En ik dan?'

'Heb je mij nog nodig?'

'Ik vind het gewoon prettig als je in de buurt bent. Maar als jij zo nodig bier moet drinken of salsa dansen, dan ga je maar.'

'Ik hoef helemaal niet te drinken en te dansen. Ik wilde alleen even een ommetje maken. Maar ik blijf wel, als jij daar prijs op stelt.'

'Ja, daar stel ik prijs op.'

'Oké, dan blijf ik.'

Joop keek zoekend in het rond, pakte een boekje met kruiswoordpuzzels en een potlood met achterop een gummetje en ging in de leunstoel zitten puzzelen. Hij zou eigenlijk wel een krant willen, om een beetje op de hoogte te blijven. Hij nam zich voor om te kijken of er ergens Nederlandse kranten te koop waren.

Een kwartier lang was het stil. Toen werd er op de deur geklopt. Cobie stak haar hoofd om de hoek.

'Hoe is het hier? Mag ik binnenkomen?'

Dat mocht. Cobie ging op de rand van het bed zitten en voelde Hannies voorhoofd.

'Ik geloof dat je koorts hebt. Hoe voel je je nou?' vroeg ze.

'Niet lekker. Ik ben benauwd en ik heb hoofdpijn. En opvliegers.'

'Jezus, meid, heb je dat nou nog steeds? Heb je al een paracetamolletje genomen?'

Hannie knikte.

'Ik blijf voorlopig bij je, schat. Ik heb wat te breien meegenomen, dus het is geen verloren tijd.'

'Moet je niet naar salsa dan?' vroeg Hannie.

'Nee, ik ga wel naar de tweede les. Theo gaat straks even kijken of het wat voor ons is.' Ze richtte zich tot Joop. 'Hij vroeg of jij met hem meegaat naar dat andere hotel, Joop.'

Joop haalde zijn schouders op alsof het hem niet interesseerde en antwoordde: 'Als hij dat graag wil, dan ga ik wel mee. Blijf jij bij haar tot ik terug ben? We maken het niet te laat.'

'Ga maar. Zijn wij even met meisjes onder elkaar, hè Han?'

Hannie knikte en perste er een glimlachje uit.

* * *

'Daar zullen we Fred Astaire hebben,' grijnsde Theo vanaf zijn kruk aan de hotelbar. 'Zijn dat je dansklderen, Fred?'

Joop keek naar beneden. Een vale blauwe polo boven een beige broek met een grote vetvlek. Daarna richtte hij zijn blik op Theo. Hij zag een strakgespannen oranje T-shirt boven een afgezakte bruine ribfluwelen broek.

'We zijn niet bepaald Don Juan en Casanova,' constateerde hij.

'Wij moeten het vooral van onze innerlijke schoonheid hebben,' zei Theo met een serieus gezicht.

Joop aarzelde. Hij schaamde zich voor de vlek op zijn broek, vlak bij zijn kruis, maar hij durfde ook niet terug te gaan naar zijn kamer om een schone broek aan te trekken. Dat zou hem dagenlang op bijtend commentaar van zijn vrouw komen te staan. Hij zuchtte.

'We zullen het ermee moeten doen. Doe mij eerst maar een biertje om de spieren los te maken.'

'Jezelf moed indrinken, zal je bedoelen,' schamperde Theo. 'Lief trouwens van Cobie om Hannie gezelschap te houden. Kunnen wij een avondje samen op stap.'

'Ik maak het niet te laat, hoor. Voor Cobie, hè,' antwoordde Joop.

‘We zien wel,’ zei Theo.

Toen ze hun biertje ophadden, vertrokken ze naar hotel Cabana, plaats van danshandeling, een kwartiertje lopen.

Bij de deur van hotel Cabana werden ze opgewacht door Suze en Monique. De dames hadden zich mooi gemaakt: leuke jurk, Spaanse dansschoenen, haren opgestoken, lippen gestift.

‘Tjee, wat zien jullie er mooi uit!’ zei Theo vol oprechte bewondering.

Joop kromp een beetje ineen. ‘Sorry dat wij er een beetje, eh... slordig uitzien. We waren al laat en Hannie is ziek en toen... is het er niet meer van gekomen.’

‘Geeft niks, het belangrijkste is dat we onze danspartners hebben,’ lachte Suze. Ze haakte haar arm in die van Joop en troonde hem mee naar een vrij tafeltje.

Joop had een beetje het gevoel dat een wat ouder Sneeuwwitje een zwerver van straat had opgepikt. Hij wilde dolgraag in een prins veranderen, maar vooralsnog was hij een slordige oude man met een broek met een enorme vlek bij zijn kruis.

‘Is er nog tijd voor een biertje?’ vroeg Theo toen ze zaten.

‘We hebben nog twintig minuten, de les is van negen tot tien en daarna is er nog vrij dansen,’ zei Monique.

‘Ik kan het niet al te laat maken, met Hannie en zo...’ excuseerde Joop zich bij voorbaat.

Dat snapten de dames. Ze knikten meelevend.

‘We zijn allang blij dat jullie er zijn.’

De charmante Spaanse dansjuf, die zich had voorgesteld als Lucia Fernández, had het drie keer nadrukkelijk in gebrekkig Engels gezegd: *Dance as if nobody looks*. Dans alsof er niemand kijkt.

Dat viel niet mee. Joop had juist het idee dat iedereen naar hem keek.

Dat leidde nogal af van de pasjes die hij geacht werd te maken. De eerste fase van de les was dat iedereen zich individueel de basispassen van de salsa eigen maakte.

Theo kon letterlijk aardig uit de voeten met die pasjes, maar Joop zag in de grote spiegel waarvoor ze stonden te oefenen regelmatig iemand die als enige de verkeerde kant opging: een onzekere meneer met een vetvlek op zijn broek.

'*Very, very good everybody. And now you are going to dance with your partner!*' riep de juf. '*But first look at us. By the way, this is Paco.*' Ze greep haar partner vast, een keurige, wat oudere Spaanse heer, die er meer uitzag als een gewillig slachtoffer dan als een salsadocent.

Lucia startte de muziek en telde hardop af. Daarna deed ze samen met Paco de basispassen van de salsa voor. Een toonbeeld van elegantie en souplesse.

Lucia gaf het sein dat er meegedanst moest worden.

'Het ziet er zo makkelijk uit, maar dat is het vast niet,' zuchtte Joop.

'Kom op, Joop, je kan het.' Suze lachte hem toe.

Na wat gestuntel ging het zowaar een paar maten lang goed, dat wil zeggen dat hij niet op haar voet stond en tegen niemand opbotste.

'Je doet het geweldig,' moedigde Suze hem aan.

Joop zweette en telde hardop de maat van de muziek mee. Hij wilde wel weten hoe Theo het ervanaf bracht, maar hij durfde niet opzij te kijken uit angst met zijn pasjes uit de bocht te vliegen.

Na twintig minuten mochten ze even pauzeren.

Joop wiste met zijn zakdoek het zweet van zijn voorhoofd. Theo deed zijn jasje uit.

De dames strooiden met complimentjes.

'Voor twee Nederlandse klompendansers doen jullie het hartstikke goed,' zei Monique.

'En jullie zijn nog best soepel in de oude heupen,' vond Suze.

'Ik hoorde het gewoon piepen en kraken als ik bij je in de buurt was, Joop, maar wat maakt het uit,' lachte Theo en hij sloeg zijn vriend op de schouder.

Joop lachte schaapachtig mee.

Juf Lucia meldde dat de pauze voorbij was: '*Vámonos, let's go. You are doing wonderful.*'

'Op het einde van de les vond ik het zowaar nog leuk worden ook. Daarvóór was ik alleen maar bezig met geen ongelukken veroorzaken,' zei Joop en hij nam een paar grote slokken van zijn bier.

Suze knikte enthousiast. 'Dat kon ik gewoon voelen, Joop, je ging als een trein de laatste tien minuten.'

'Nou, een trein... het was meer een boemeltje.'

'Niet jezelf naar beneden halen. Ik zweefde gewoon met je door de zaal.' Suze keek Joop lachend aan. Joop lachte terug.

'Daar moet op gedronken worden!' riep Theo.

* * *

'Nou... jullie hebben het nogal uitgehouden, zeg.' Cobie zat op de rand van het bed en gaapte. 'Ik ben moe. Hebben jullie het leuk gehad?'

'Je zal het niet geloven, Co, maar we waren de besten van de klas. We moesten de meisjes van ons afslaan. Zo jammer dat jullie er niet waren. Volgende week moeten jullie zeker mee. Jij hebt alvast een mooie salsakont.' Cobie moest lachen.

'Het is kwart over elf... Je zou het niet laat maken, Joop Elzinga. Ik hoor het je nog zeggen,' klonk het vanaf het kussen.

'We zijn nog als een van de eersten weggegaan, Han. Iedereen bleef gezellig nakaarten,' verdedigde Joop zich.

'Wat iedereen doet kan me niet schelen. Ik dacht dat wij een afspraak hadden.'

'Ja, niet te laat en elf uur is niet laat.'

'Laat ook maar.'

Theo schuifelde een beetje ongemakkelijk heen en weer bij de deur van de hotelkamer. 'Zullen wij eens gaan, Cootje?'

Cobie knikte.

* * *

'Het is al bijna half tien. Zal ik eens kijken waar ze blijven?' stelde Cobie voor. Theo en Cobie zaten met z'n tweeën aan de ontbijttafel te wachten op hun vrienden. 'Of is dat te opdringerig?'

'Wacht nog een paar minuutjes,' zei Theo.

Cobie keek bedenkelijk. 'Mijn thee is koud geworden. Ik vind het niet gezellig om te beginnen als ze er nog niet zijn, maar kouwe thee vind ik ook niks.'

Theo veerde op. 'Daar zie ik geloof ik... Ja, daar is Joop.'

Joop kwam met een zorgelijk gezicht de ontbijtzaal binnenlopen.

'Hoe is het met Hannie?' vroeg Cobie meteen.

'Ze is nog ziek,' meldde Joop. 'Ik kwam zeggen dat jullie maar je gang moeten gaan vandaag, want Han blijft denk ik in bed. Ik kom even een kopje thee en een beschuitje met suiker voor haar halen.'

'En jij dan, Jopie, moet jij niet wat eten?' informeerde Cobie. 'Weet je wat, maak jij een bordje voor Hannie en dan maak ik een ontbijtje voor jou. Gaan we samen naar boven, ik wil haar toch even beterschap wensen.'

'Zal ik ook meegaan?' vroeg Theo.

'Nee, schat, als een vrouw ziek is wil ze geen mannen aan haar bed, behalve hooguit haar eigen man. En de dokter. Blijf jij maar hier.'

Theo keek opgelucht.

Even later stonden Joop en Cobie met elk een bordje en een kopje thee in de lift. Twee kamermeisjes stapten op de derde etage bij hen in de lift en keken tersluiks via de spiegel naar de bordjes met eten. Een van hen schudde bijna onmerkbaar haar hoofd.

Het was zes etages lang ongemakkelijk stil.

'*Buenos días*,' zei Cobie toen ze uitstapten op de negende.

Er kwam geen antwoord.

Cobie draaide zich om en vlak voor de liftdeuren zich sloten zei ze nogmaals, maar nu harder en staccato: '*Bu-é-nos dí-as*.'

Enigszins beschaamd mompelden de kamermeisjes '*Buenos días*' terug.

De liftdeuren gleden dicht.

'Ik vind het personeel niet bepaald vriendelijk. Ze doen een beetje uit de hoogte. Geef mij maar Nederlanders,' mopperde Cobie.

'Het kan inderdaad wel wat aardiger,' beaamde Joop, 'maar aan de andere kant... Het hele jaar van die zeurende toeristen... En ze denken natuurlijk dat wij de vuile vaat in de kamer laten staan.'

'Maar wij zeuren toch niet?'

Joop duwde met zijn elleboog de deur open en stapte de halfdonkere hotelkamer binnen. 'Daar ben ik weer. Met thee en een beschuitje. En je bezorgde vriendin.'

'Hoe is het met je, Hanneke-lief? Niet best, hè?' Cobie ging met haar bordje op de rand van het bed zitten.

'Is dat allemaal voor mij?' Hannie wees op de twee bordjes. 'Dat is toch veel te veel. Ik ben al blij als ik een half beschuitje met hagelslag binnenhou.'

'Nee, schat,' legde Cobie geduldig uit, 'dat beschuitje met suiker is voor jou en dat kopje thee. De rest is voor Joop. De ziekenbroeder moet tenslotte ook eten. Maar hoe is het met je?'

'Niet zo goed. De hele nacht niet geslapen en van het hoesten moest ik bijna overgeven.'

'Komt vast door het Spaanse eten. Die paella en die tortilla en zo. Daar moeten onze Hollandse magen even aan wennen. Een dagje uitzieken en morgen ben je weer zo fit als een kip.'

'Ik help het je hopen,' zuchtte Hannie.

Cobie hielp Hannie half overeind en stopte een extra kussen achter haar rug.

Joop schoof een gordijn open en, toen zijn vrouw onmiddellijk begon te kreunen, weer dicht.

'Sorry.'

Hannie nam een paar muizenhapjes van haar beschuit en nipte van haar thee.

Toen ze aangaf dat ze genoeg had, veegde Cobie de kruimels van het bed, depte met een vochtig washandje het hoofd van haar vriendin en stopte haar in.

'Zo, ik ga nu even met Theo koffiedrinken, dan blijft Joop hier, en vanmiddag kom ik gezellig op ziekenbezoek. Dan kan Joop er ook even uit. En wie weet, als je je weer wat beter voelt, kunnen we vanavond hier op de kamer een klaverjasje leggen.'

Hannie zuchtte. 'Dank je wel, lieverd. En jij ook, Joop.'

'Tot vanmiddag,' zei Cobie en ze streek even met haar hand over Hannies wang. Bij de deur zwaaide ze naar Joop. Die zwaaide terug, ging in de leunstoel zitten en pakte zijn puzzelboekje van het tafeltje.

'Waar is Basje?' vroeg Hannie zacht met gesloten ogen.

'Die ligt op zijn kussen op de vensterbank.'

'Wil je hem naast me op bed leggen?'

'Op bed?'

'Ja, op bed. Ik heb dat even nodig, mijn schatje naast me.'

Joop stond op, pakte de kat met kussen en al op van de vensterbank en legde hem naast Hannie. Daarna pakte hij even haar hand en gaf er een kusje op.

* * *

'Was het een beetje te doen?' vroeg Theo toen hij die middag met Joop hotel Miramar uit liep.

'Ging wel. Elke vijf minuten wil ze iets. Kat op het bed. Glaasje water. Spuugbak. Deken erop. Kat eraf. Koekje om te kijken of ze het binnenhoudt. Deken eraf. Kat erop. Iets te lezen. Spuugbakje. Kopje thee.'

'Ja, stop maar, ik hoor het al, jullie hadden een gezellige ochtend samen. De ideale patiënt voor Cobie, die vindt niks leuker dan anderen vertroetelen.'

'Die kan zich nu dus helemaal uitleven. Wat ben ik blij dat ik die kamer even uit kan.'

'En wij, wat gaan wij doen, zonder de vrouwtjes?'

Joop keek opzij naar zijn vriend. Hij leek na te denken.

'Zullen we maar gewoon aan het strand een biertje drinken?' stelde Theo voor.

'Ik dacht... misschien...'

'Misschien wat, Jopie? Heb je een geheim plannetje?'

'Nou... we liepen gisteren door dat straatje naar het strand en daar zag ik wel twee of drie bordjes met THAI MASSAGE. Zou dat wat voor ons zijn? Ik heb dat altijd al een keertje willen proberen.'

Theo keek hem verbaasd aan. Hij bleef even stil en trok toen een bedenkelijk gezicht.

'Massage? Wij? Twee halve bejaarden? Moeten ze al dat vet en die rimpels en plooien masseren.'

'Ze worden er toch voor betaald. En daarbij... die Thaise dames zijn vast wel wat gewend hier in Benidorm. Hier lopen in de winter alleen maar uitgezakte bejaarden rond.'

'Ik weet het niet...' zei Theo.

'Kom op, Thé, ik trakteer. Ik heb het altijd al een keer willen proberen, maar met Hannie in de buurt heb ik geen schijn van kans. Durf ik het niet eens voor te stellen. Die weet zeker dat het allemaal sekshuizen zijn.'

'En jij weet zeker dat het géén sekshuizen zijn?' vroeg Theo een beetje angstig.

'Volgens mij niet, maar ik zei al dat ik er nog nooit binnen ben geweest. Maar als je betaalt voor een massage gaan ze heus niet ongevraagd... je weet wel.'

'Je weet wel?' grijnsde Theo. 'Ik weet van niks.'

'Dus we gaan het proberen? Onze eerste Thaise massage?' Joop keek zijn vriend hoopvol aan.

Die maakte eerst wat rare geluiden, trok een gek gezicht en zei toen: 'Laten we het maar doen dan. Nu of nooit.'

Joop gaf zijn vriend een ferme klap op zijn schouder.

* * *

Cobie zat in de leunstoel te breien.

'Kun je misschien een beschuitje voor me maken?' klonk het zwak vanaf het kussen.

Cobie ging naast het bed staan.

'Ik heb geen beschuit, Han. Wel biscuitjes. Wil je een biscuitje?'

'Het ontbijtbuffet is zeker dicht?'

'Ja, dat is dicht. Het is drie uur, hè.'

'O, is het al middag? Doe dan maar een biscuitje. En een kopje thee, als het niet te veel werk is.'

'Natuurlijk niet, schat. Lekker toch, een waterkoker en een koffiezetding op de kamer. Luxe, hoor. Al weet ik niet precies hoe dit koffieapparaat werkt. In ieder geval niet met water opgieten.' Ze giechelde.

'Dit is een Senseo, daar moeten koffiepads in. Die liggen eronder in het laatje,' zei Hannie. 'Maar ik hoef geen koffie, hoor.'

Cobie vulde de waterkoker, zette hem aan en zocht een theezakje.

'Wil je groene thee, rooibos, mint of iets met vruchtensmaak?'

'Zit er geen gewone thee-thee bij?'

Cobie vond na enig zoeken ook Engelse thee, maakte voor allebei een flinke kop, legde twee biscuitjes op een schoteltje, zette alles op het nachtkastje en ging naast Hannie op de rand van het bed zitten.

'Zo... laten we het maar een beetje gezellig maken, toch?' Cobie glimlachte naar haar vriendin. Hannie deed haar best terug te glimlachen.

Ze nipten van de thee en knabbelden van hun koekje.

'Waar zijn Joop en Theo eigenlijk naartoe?' vroeg Hannie.

Cobie haalde haar schouders op. 'Geen idee. De mannen kennende zullen ze wel ergens op een terras een biertje zitten te drinken. Veel meer kunnen ze niet bedenken, volgens mij. Ze zijn vast niet naar een museum.'

* * *

Joop en Theo staarden naar een etalage waarin een reclamelichtbakje aan en uit knipperde met in felgekleurde letters: THAI MASSAGE. Daarachter was alleen een gesloten luxaflex te zien.

Naast de etalage stond een deur open naar een klein halletje. In het halletje een tweede, gesloten deur.

Joop wilde naar binnen stappen, maar Theo hield hem tegen. 'Deze ziet er wel een beetje... hoe zal ik het zeggen... een beetje armoedig uit, vind je niet?'

'Ik weet niet hoe het er anders uit zou moeten zien.'

'Laten we nog even naar die andere kijken.'

Joop haalde zijn schouders op. 'Mij best.'

Ze liepen verder het straatje door.

'Hier moet het ergens zijn. Als ik het me goed herinner.' Joop keek zoekend rond en ontwaarde iets verderop een bord op de stoep. Hij wees. 'Daar.'

Ze liepen ernaartoe. Op het bord stonden verschillende massages met de prijzen erachter.

'Maar waar hoort dat bord nou bij?' vroeg Theo. 'Alles lijkt me dicht hier. Ik zie nergens een winkel of zo.'

Ze stonden besluiteloos voor het bord. Theo keek ongemakkelijk om zich heen.

'Weet je er nog meer, Joop?'

Joop kon het zich niet zo precies meer herinneren.

'Zullen we dan maar terug naar de eerste? Daar stond in ieder geval een deur open,' stelde Theo voor.

Ze liepen weer terug door het straatje. Ze spraken het niet uit, maar ze hadden allebei het idee dat de mensen in het straatje een beetje argwanend naar hen keken. Even later stonden ze opnieuw voor de deur van de eerste massagesalon.

'Zullen we anders toch maar een biertje gaan drinken, Jopie?'

'Kom op, schijtebroek, we gaan pas na de massage wat drinken,' zei Joop. Hij stapte naar binnen en klopte op de deur.

Na een paar seconden werd er opengedaan door een vriendelijke Thaise dame, die eerst een kleine buiging maakte en hen daarna met een charmant gebaar uitnodigde binnen te komen. Ze stapten een ruimte binnen met aan de muren en op de grond kleedjes, aan de linkerkant een altaartje met plastic bloemen en een Boeddhabeeld, in het midden een zitje en aan de rechterkant twee open deuren met gordijnen ervoor. Het rook er naar bloemen en wierook.

De dame zei iets tegen hen.

Joop keek Theo aan. 'Weet jij welke taal dat was?'

Theo had geen idee.

Nu wees ze naar beneden. '*Shoes off, please*.'

'We moeten onze schoenen uitdoen,' vertaalde Joop, 'dat is een oosterse gewoonte, volgens mij.'

'Ik had wel eens schone sokken aan mogen doen. Ik heb enorme zweetvoeten,' fluisterde Theo.

‘Misschien hebben ze daarom die wierook aan,’ opperde Joop.

Er kwam nóg een Thaise dame van achter een gordijn tevoorschijn.

‘Wat zijn ze klein, hè, die Thaise vrouwtjes,’ stelde Theo vast.

* * *

Hannie wilde proberen wat te lezen.

Cobie had daarom het kussen van het andere bed erbij gepakt en schikte beide kussens achter Hannies rug. Die liet zich er met een zucht in vallen.

Cobie gaf haar het boek aan waarin ze de vorige dag was begonnen. Ze las hardop de titel voor: ‘*Als liefde alleen niet genoeg is.* Dat klinkt wel een beetje treurig, Han.’

Hannie verzekerde haar dat ze alleen maar boeken las met een happy end.

‘Voor rottigheid heb ik het leven zelf.’

Cobie wilde net iets opbeurends gaan zeggen toen haar telefoon ging. Ze keek op het schermpje.

‘Het is Dylan. Sorry, Han, die moet ik even nemen.’

Hannie knikte gelaten.

‘Hé, lief mannetje van me. Wat leuk dat je belt.’

Dylan, zes jaar, merkte op dat ze niet aan het bellen waren maar aan het facetimen.

‘O ja, dat is waar. Oma moet nog een beetje wennen aan die nieuwe dingen. Hoe is het in Nederland, Dylan, is het lekker weer? … Het regent? Bij oma schijnt het zonnetje. Zal ik je laten zien waar oma is?’

Met de telefoon als een zaklantaarn in haar hand, liep Cobie door de kamer, de badkamer en daarna naar het balkon.

'Kijk, daar is de zee. Tussen die twee gebouwen in.'

Ze ging weer naar binnen en richtte de telefoon op Hannie.

'Kijk, Dylan, hier is oma Hannie, die is een beetje ziekjes. Zwaai maar even naar haar.'

Op het schermpje verscheen een vrolijk zwaaiend jongetje.

'Dag oma Hannie.'

Hannie zwaaide kleintjes terug, slikte twee keer en sloot toen haar ogen. Ze schokschouderde.

Cobie schrok. 'Wat is er, Han?'

'Oma Hannie huilt,' klonk het stemmetje van Dylan uit de telefoon.

'Geef mama maar even, Dylan,' zei Cobie gehaast. '... Anneke? Mama hier, ik bel je straks terug. Ik moet even, eh... ik moet er even zijn voor Hannie. Hoe laat gaan de kinderen naar bed? ... Dan bel ik in ieder geval voor zevenen. Doei.'

Ze legde de telefoon weg, ging op het bed zitten en sloeg een arm om Hannies schouders.

'Schatje toch, wat is er dan?'

Gesnik als antwoord.

'Komt het door het bellen? Komt het door Dylan?'

'Ik had het ook zo graag gewild,' snotterde Hannie.

'Ik weet het, schat. Ik vind het heel erg voor je,' troostte Cobie.

'Iedereen heeft kinderen en kleinkinderen en ik heb alleen een kat.'

'Maar wel een hele lieve kat.'

'Ja, maar een kat is geen kind. En als ik dan Dylan oma Hannie hoor zeggen...' Ze huilde dikke tranen.

Cobie zocht in haar tas naar een zakdoek.

* * *

Theo en Joop lagen, elk in hun eigen kamertje, op een massagetafel. Ze hadden, ondanks veel overleg met handen en voeten, nog altijd geen duidelijk idee van wat hun nu te wachten stond.

'Ik denk dat het een uur duurt en vijfenveertig euro kost,' had Joop de onderhandelingen samengevat.

'Een beetje loodgieter rekent alleen al vijfenzeventig euro voorrijkosten, dus dat valt mee,' vond zijn vriend.

Ze hadden zich uitgekleed. Op een tekening boven het bed stond dat je je onderbroek aan moest houden, dus dat deden ze. Theo prees zichzelf gelukkig dat hij die ochtend een schone had aangedaan. Joop was minder tevreden wat dat betreft.

In beide kamertjes kwam een masseuse binnen. Ze leken onverstoorbaar en onverschillig over wie ze onder handen gingen nemen. Ze gebaarden dat de mannen op hun buik moesten gaan liggen.

Slechts een flinterdun wandje scheidde de twee ruimtes waar de vrienden lagen en dus konden ze de geluiden uit de andere kamer goed horen.

Theo kreunde.

'Jezus, Joop, voor zo'n klein vrouwtje heeft die van mij wel hele sterke handen. Ze probeert op dit moment mijn arm te breken.'

'Je moet zeggen: "*Little bit softer please*",' klonk het van achter het wandje.

'*Little bit softer please*,' piepte Theo.

De masseuse knikte, glimlachte vriendelijk en zette vervolgens de punt van haar elleboog stevig in zijn rug.

* * *

Hannie droogde haar tranen.

'Sorry dat ik me zo laat gaan, maar het onderwerp kinderen maakt me altijd emotioneel. Ik wilde het zo graag. Misschien wel te graag. Hoewel… kinderen kan je toch niet té graag willen? Of wel, Co?' Hannie hoestte weer.

Cobie dacht van niet. Het leek haar niet verstandig nu te gaan vertellen hoe zielsgelukkig zij met haar kinderen en kleinkinderen was.

Hannie staarde voor zich uit. 'Ik was denk ik wel een leuke moeder geweest. Als ik kinderen had gehad. Dan was ik misschien ook een leukere vrouw gebleven.'

'Je bent nu toch ook een leuke vrouw.'

'Het is heel lief van je dat je dat zegt, maar, eh… ik ben wel… nou ja, vaak een beetje kribbig. Vooral tegen Joop, maar dat komt door zijn onverschilligheid en zijn sarcasme. Altijd weet hij het beter, altijd doet hij het goed en ik doe alles verkeerd.'

'Joop bedoelt het niet zo kwaad, denk ik. Hij is gewoon een beetje, eh… een beetje teleurgesteld.'

'Teleurgesteld? Waarin dan?'

'Ik weet niet. In het leven?'

'Jaja. Nou, ík ben ook teleurgesteld. In hem.'

* * *

'Wat vond je ervan?' vroeg Joop. 'Lekker toch?'

'Ik moest nog wel een paar keer "*Softer!*" roepen, maar daarna vond ik het best lekker. Vooral toen ze mijn hoofd ging masseren.

Ik kreeg zelfs kippenvel. En nu ben ik gewoon een ander mens. Helemaal ontspannen.'

'Dus dat gaan we vaker doen?'

'Dat gaan we zeker vaker doen.'

De twee vrienden zaten op het terras, een biertje voor hun neus en uitzicht over zee. Eerst de massage en nu de zon maakten hen rozig.

'Vind je het al wat leuker in Benidorm?' informeerde Theo.

'Dit is een topmiddag natuurlijk, maar dat komt ook omdat we nu met z'n tweeën zijn. Met Hannie erbij is het nooit eens ontspannen. Ze vindt altijd wel iets om over te zeuren.'

'Nou... jij bent zelf anders ook niet bepaald een vrolijke frans tegen haar. En zij is gewoon wie ze is.'

'Jij maakt haar maar een paar uurtjes per dag mee. Ik dag en nacht. Thuis kan ik er altijd wel tussenuit knijpen als het me te veel wordt, vissen of naar de tuin, maar hier kan dat niet.'

'Behalve nu dan.'

'Ja, omdat ze ziek is. Ik kan moeilijk regelen dat ze elke week een paar dagen ziek is.'

Joop vertelde van zijn ontmoeting met Arie in café De Rode Walvis. Dat hij met zijn vrouw de afspraak had dat ze 's middags elk hun eigen gang konden gaan. En dat dat volgens Arie de basis van een goed huwelijk was, elkaar vrijlaten.

Theo haalde zijn schouders op.

'Voor mij en Cobie hoeft dat niet zo nodig, maar misschien moet je voor jezelf zoiets met haar regelen.'

'Als ik Hannie vertel dat ik een paar middagen in de week alleen of met jou op stap wil, dan weet ik het antwoord al: "Waar is dat nou weer voor nodig? Ben ik niet goed genoeg?" Dat wordt een enorme scène, daar heb ik geen zin in.'

Theo dacht na.

'Misschien moeten we het anders aanpakken.'

'Hoe bedoel je?'

'Via Cobie, bijvoorbeeld.' Theo legde uit dat hij Cobie zou kunnen vragen of zij aan Hannie wilde vragen of het goed was dat de mannen af en toe met z'n tweeën op stap gingen.

Joop dacht niet dat dat veel zou helpen.

'Maar misschien...' Theo's hersens kraakten, '... misschien kan ik Cobie zover krijgen dat zij zelf zegt dat ze graag af en toe mét Hannie maar zónder ons op stap wil. Winkelen, naar de kapper, weet ik veel. Dan draaien we de zaken om.'

'Dat is een goed idee. Dat zou misschien wel eens kunnen werken.'

'Laten we er daar nog een op nemen,' stelde Theo voor.

Joop keek op zijn horloge.

'Jezus, tien voor vijf alweer. Ik heb Han drie keer moeten beloven uiterlijk vijf uur terug te zijn. Maar vooruit, één biertje moet nog wel kunnen.'

'Zouden we dat nou wel doen, Joop?'

'Natuurlijk. Ze ligt toch in bed. En Cobie is bij haar.'

* * *

Joop keek zo onschuldig mogelijk toen hij de kamer binnenstapte. Dat hielp niet.

'Ben je daar eindelijk? Vijf uur, héél duidelijk afgesproken, uiterlijk vijf uur terug. Maar nee, meneer vindt het nodig om de zorg voor zijn zieke vrouw aan iemand anders over te laten,' barstte Hannie los zodra Joop een voet over de drempel had gezet.

Theo schuifelde ongemakkelijk heen en weer in de deuropening, stak toen met een gemompelde groet zijn hand op en maakte zich uit de voeten.

Joop keek schuldbewust. 'Sorry, schat, we zaten gezellig te praten en zijn vergeten een beetje op de tijd te letten.'

'Gezellig te praten, jaja. Bier drinken zal je bedoelen.'

'Ja, we hebben ook een paar biertjes gedronken. En een stuk gewandeld.'

Cobie kwam voorzichtig tussenbeide. 'Ik vond het niet zo erg, hoor, om wat langer te blijven.'

Joop knikte haar dankbaar toe.

Hij ging naast haar op de rand van het bed zitten. 'Nogmaals sorry, Han, het was echt niet de bedoeling.'

Hannie snoof zachtjes in de lucht.

'Wat ruik je vreemd. Iets van kokos of badolie of zo.'

Joop schrok, maar herpakte zich snel. 'Ruik ik raar? Ik zou niet weten… O wacht, misschien is het de zonnebrand.'

'Dat is niet onze zonnebrand die ik ruik.'

'Nee, dit is de zonnebrand die we hebben gekocht.'

Cobie keek op haar beurt verbaasd, maar zei niets.

'Ja, zie je,' begon Joop omstandig uit te leggen, 'Theo en ik hadden geen zonnebrand bij ons en toen hebben we in zo'n winkeltje iets gekocht dat bij nader inzien nogal op kokosolie of zoiets leek. Een beetje een opdringerig luchtje. En dat hebben we toen ook nog, in de haast, op het terras laten liggen.'

Hannie keek wantrouwend.

'Ik vind het wel lekker ruiken,' zei Cobie.

Even later vertrok ze. 'Hou je haaks, lieverd. Ik neem aan dat je niet komt eten beneden?'

Hannie trok een vies gezicht.

'Nee, de gedachte aan eten alleen al maakt me misselijk. Ik blijf op de kamer. Joop komt wel gewoon eten, hoor. Niet iedereen hoeft te lijden onder mijn ziekte. Als iemand een kopje thee kan komen brengen en misschien een geschild appeltje...'

Joop beloofde dat hij dat voor haar zou regelen. Intussen hoopte hij vurig dat Cobie niet bij Theo zou vragen hoe dat zat met die zonnebrand.

* * *

Cobie stapte opgewekt hun hotelkamer binnen.

'Hallo, schatje, hebben jullie het een beetje naar jullie zin gehad?'

Theo, languit op bed, schrok wakker.

'Ik schrik me dood, Co. Ik was even weggedommeld.'

'Snap ik. Een paar biertjes in de zon, dat hakt er stevig in, hè. Ik vind het trouwens lekker ruiken, die nieuwe zonnebrand die jullie hebben gebruikt. Jammer dat jullie hem hebben laten liggen.'

Theo keek niet-begrijpend. 'Nieuwe zonnebrand?'

'Ja, dat luchtje van je. Joop zei dat jullie een beetje rare zonnebrand hadden gekocht.'

Theo's mond zakte een stukje open.

'Oooo... ja, zonnebrand...'

'Waar hadden jullie die gekocht?'

'Ergens in een winkeltje.'

'Waar zit dat winkeltje?'

'Eh... in een van die straatjes. Ik weet het niet precies meer. Al die straatjes lijken ook zo op elkaar.'

Cobie leek tevreden met de uitleg.

Theo was opgelucht dat hij ermee wegkwam. Hij hield niet van liegen en al helemaal niet tegen zijn eigen Cobie. Hij veranderde snel van onderwerp.

'Zeg, Cootje, wij hadden best wel een lekker middagje met z'n tweeën en nu zat ik te denken... is het een idee dat jullie meiden ook een of twee keer in de week samen op pad gaan? Jullie een vrouwenmiddag en wij een mannenmiddag? Kunnen jullie naar de sauna of een kappertje pakken. Even niet op elkaars lip.'

'Wil je me af en toe even kwijt, schat?'

'Nee, zeker niet. Of... nou ja... niet verder vertellen, maar het komt eigenlijk een beetje bij Joop vandaan.'

'Hoezo dat?'

'Joop vindt dat, eh... dat Hannie hem erg op zijn huid zit. Hij mist zijn eigen dingetjes thuis. Een beetje knutselen in zijn schuurtje. Vissen. Hij wil niet de hele tijd alles met z'n vieren doen, maar ook een beetje tijd voor zichzelf hebben. Met mij erbij. Tenminste... misschien ook wel alleen.'

Cobie fronste haar wenkbrauwen. Ze dacht na. Wat haar betreft was er niets gezelliger dan met z'n vieren op pad gaan. Dat je ook alleen of met z'n tweeën iets kon gaan doen was niet eens in haar opgekomen. Maar het was haar niet ontgaan dat Hannie en Joop bepaald niet het beste in elkaar naar boven haalden. Haar oplossing voor dergelijke problemen was altijd: doen alsof er niets aan de hand is en zelf nog aardiger tegen iedereen zijn dan ze van nature al was.

Theo keek zijn vrouw verwachtingsvol aan.

'Wat denk je ervan, Co, zou jij eens heel voorzichtig willen polsen bij Hannie? Misschien kan je alleen beter niet zeggen dat het bij ons, of eigenlijk bij Joop vandaan komt.'

'Dus eigenlijk wil je dat ik tegen Hannie zeg dat ík graag af en toe met haar alleen op stap wil. Zonder de mannen.'

'Eh... ja, daar komt het wel op neer.'

Cobie slaakte een diepe zucht.

'Ik weet niet of ik daar zo goed in ben, maar ik zal het proberen.'

* * *

Hostess Imelda had het voor Joop uitgezocht: er waren twee Nederlandssprekende huisartsen in Benidorm, dokter Schwarzmann en dokter Van Rongen. Zijzelf was een keer bij Van Rongen geweest, een heel aardige man.

'Doe die dan maar,' had Joop geantwoord, 'want Schwarzmann klinkt nou niet bepaald Nederlands.'

Ze gaf hem een telefoonnummer. Joop belde waar ze bij stond. Hij kreeg een doktersassistente aan de lijn.

'Goedemorgen, u spreekt met Elzinga. Ik bel voor mijn vrouw. Die is nu twee dagen best wel behoorlijk ziek. Vannacht alleen maar liggen blaffen en geen oog dichtgedaan. Ze eet ook bijna niks.'

De assistente stelde een paar vragen.

'Nee, wij kunnen niet naar de dokter komen. Ze is te slap om op haar benen te staan. Dus als de dokter hier kan komen...'

De assistente informeerde naar het adres.

'Hotel Miramar. Kamer 917. Adres weet ik niet.'

'Avenida Gerona 121,' fluisterde Imelda.

Joop herhaalde het adres, waarna de assistente meldde dat de dokter om vier uur die middag kon langskomen.

Nadat hij had opgehangen bedankte Joop Imelda omstandig en ging hij terug naar hun hotelkamer.

'De dokter komt om vier uur vanmiddag.'

Hannie knikte vermoeid en hoestte.

'Spreekt-ie Nederlands?'

'Hij spreekt Nederlands, hij heet dokter Van Rongen en het is volgens Imelda een hele aardige man.'

'Hij kan wel aardig zijn, maar is het ook een goeie dokter?'

'De beste van Benidorm,' blufte Joop.

Cobie, die naast Hannie op bed zat, vroeg voor de vierde keer of ze een slokje water wilde.

'Nee, Cobie, als ik water wil dan vraag ik het wel.'

'O, sorry, Han, als ik te opdringerig ben. Maar ik wil gewoon graag iets voor je doen,' haastte Cobie zich te verontschuldigen.

Hannie keek een beetje geschrokken. 'Zo bedoel ik het niet, Co. Sorry, maar ik ben gewoon mezelf niet na zo'n vreselijke nacht.'

'Snap ik, hoor.'

Joop stelde voor dat Cobie Theo gezelschap ging houden. Die zat al bijna een uur beneden in de lobby te wachten op wat komen ging. Hij was na het ontbijt samen met Cobie op ziekenbezoek gekomen, maar na vijf minuten ongemakkelijk op zijn stoel heen en weer schuiven was hij weer vertrokken, mompelend dat het te druk was voor de zieke.

Cobie stribbelde nog wat tegen, maar ging uiteindelijk akkoord, op voorwaarde dat zij die middag weer ziekenverzorgster mocht zijn. Ze spraken af dat zij Joop zou vervangen van een tot drie uur. Dan kon Joop rustig lunchen en daarna de dokter opvangen.

* * *

'Gewoon een keertje dankjewel zeggen zou al een geweldige vooruitgang zijn,' klaagde Joop. 'Is dat nou echt te veel gevraagd?'

De twee vrienden zaten aan een broodje kroket in lunchroom De Vluchtheuvel.

'Ze is ziek, Joop,' suste Theo.

'Ziek of gezond maakt bij haar geen verschil. Trouwens, als je doe-dit-doe-dat kan zeggen, kan je ook dankjewel zeggen. Toch?'

Theo sloeg onhandig een arm om de schouders van zijn vriend. 'Gewoon negeren, Joop, en genieten van de dingen die hier wel leuk zijn: lekker weer, terrasjes, biertje. En je hebt mij natuurlijk.' Hij lachte.

'En je vrouw niet te vergeten,' voegde Joop eraan toe. 'Een engel. Die houdt me op de been door steeds mijn plaats in te nemen.'

'En weet je wat het mooie is,' zei Theo, 'ze vindt het nog oprecht leuk ook. Dus je hoeft je tenminste niet schuldig te voelen.'

En om zijn vriend nog wat verder op te beuren vertelde hij Joop dat Cobie wel aan Hannie wilde voorstellen om af en toe met z'n tweeën op pad te gaan. Een vrouwenmiddagje. Cobie zou doen alsof het initiatief van haar uitging.

'Dank je,' zei Joop. 'Trouwens, heb jij hier al ergens Nederlandse kranten te koop gezien? Ik heb alleen maar een vistijdschrift en een puzzelboekje meegenomen, en ik kom er nu achter dat dat een beetje weinig is als je zo veel tijd hebt. Als Hannie niet ziek is, zit ze de godganse tijd te lezen en dan moet ik toch ook iets omhanden hebben.'

'Nee, eigenlijk niet. Misschien moet je dat Corendon-meisje eens vragen of zij dat weet.'

* * *

De dokter schudde Joop bij de deur de hand en stelde zich voor. Daarna liep hij door naar het bed. Heel even keek hij misprijzend naar Basje, die languit naast Hannie op het bed lag, toen stelde hij zich aan de patiënt voor: 'Dokter Van Rongen.'

Hannie gaf hem een slap handje en een vermoeide glimlach. 'Mevrouw Elzinga.'

'Ziek zijn is sowieso natuurlijk geen pretje, maar in je vakantie ziek worden is nog vervelender. Vertelt u eens, wat zijn de klachten?'

Hannie deed verslag. Intussen nam Van Rongen haar temperatuur op.

'39,2. Zoiets vermoedde ik al.' Hij haalde zijn stethoscoop tevoorschijn. 'Kan even koud zijn,' waarschuwde hij.

De volgende minuten beklopte en beluisterde hij de rug en borst van de patiënt. Tussendoor stelde hij vragen om Hannie wat op haar gemak te stellen.

'Hoelang bent u al in Benidorm? Is het de eerste keer? Bevalt het?'

Hannie gaf plichtmatig antwoord.

'U klinkt niet zo heel enthousiast,' vatte de dokter haar woorden samen.

Hannie zocht met haar ogen hulp van Joop.

'Het is even wennen, maar we hadden het best naar onze zin,' haastte Joop zich te zeggen, 'totdat mijn vrouw ziek werd. Dan is het toch extra vervelend dat je niet in je eigen huis zit, maar in een hotel.'

'Gelukkig wel een prettig hotel,' probeerde Van Rongen de toon luchtig te houden.

Na nog een paar minuten van onderzoek pakte de huisarts zijn koffer weer in en ging op de rand van het bed zitten.

'Ik denk, met aan zekerheid grenzende waarschijnlijkheid, dat u een lichte longontsteking hebt. Niet al te verontrustend, maar wel iets om goed in de gaten te houden. Ik ga u een antibioticakuurtje voorschrijven.'

Hannie vroeg hoelang het ging duren. Van Rongen dacht dat ze met een dag of drie, vier wel weer op de been moest zijn. Hij schreef een recept uit, legde uit waar de apotheek was, sprak nog wat geruststellende woorden, gaf haar een hand en liep naar de deur. Daar draaide hij zich om.

'Misschien is het beter dat de kat niet vlak naast u op het bed ligt. Dat kan de longen wat extra belasten. Hoe heet-ie?'

'Basje.'

'Basje kan beter op het balkon, lijkt mij.'

Hannie antwoordde niet en keek strak voor zich uit.

Van Rongen vervolgde: 'Over een dag of drie moet u zich echt al wat beter voelen. Mocht dat ondanks de kuur niet het geval zijn, aarzel dan niet om aan de bel te trekken, dan kom ik weer langs. Beterschap, mevrouw Elzinga. En u ook sterkte, meneer Elzinga.'

Hij gaf Joop een hand en vertrok.

Joop sloot de deur.

'Op het balkon!' Hannie spuwde de woorden eruit. 'Hij gaat zelf maar op het balkon.'

* * *

Die avond zaten Theo, Cobie en Joop aan de bar van het hotel. Hannie had eerst Joop en toen Cobie weggestuurd. Ze ging slapen. Ze zou bellen als ze toch nog iets nodig mocht hebben.

Het was cocktailavond, hadden ze zojuist ontdekt: alle cocktails halve prijs.

'Nou, dan zijn we een dief van onze portemonnee als we niet aan de cocktail gaan!' had Cobie geroepen.

Voor hen op de bar stonden een mojito, een pina colada en een sex on the beach. Die laatste had Cobie giechelend uitgezocht. Ze waren geen van drieën cocktailkenners. Joop had wel eens een Irish coffee gedronken, maar hij twijfelde of dat onder cocktails viel.

Ze proefden om beurten van alle drie de glazen.

'Heel lekker deze,' zei Cobie bij alle drie.

'Potverdorie, dit is wel wat anders dan een biertje,' vond Theo, 'al denk ik dat je er hiervan geen tien moet drinken.'

'Ik proef anders bijna geen alcohol,' merkte Joop op.

'Ik bedoel meer voor de prijs. Een biertje is nog altijd maar de helft van de prijs van een cocktail voor de halve prijs,' legde Theo uit.

'Het is maar één keer cocktailavond, Thé.' Cobie genoot.

Wat een geluk dat Hannie ziek is, schoot het door Joop heen, anders had ze zeker zitten zeuren dat het te duur was.

'Joehoe!' klonk het bij de ingang van de bar. Daar stonden Suze en Monique te zwaaien.

Even later schoven ze aan.

'Mag ik de lieftallige dames op een cocktail trakteren?' vroeg Joop.

Cobie beval lachend de sex on the beach aan.

Even later stond de barkeeper te shaken, te mixen en te jongleren met flessen, met als resultaat vijf mooie nieuwe cocktails op de bar. Het gezelschap applaudisseerde.

'Ik krijg het bloedheet van de ober,' giechelde Monique. 'Wat een stuk. Was ik maar dertig jaar jonger.'

'Wij hebben onze eigen stukken hier!' riep Suze. 'Theo en Joop, goed geconserveerd. Net als port: hoe ouder, hoe lekkerder. En vergeet ook Cobie niet, onze sex-on-the-beachkoningin.'

Gejuich.

Er werd getoost en gedronken.

'Is Hannie er niet?' merkte Suze opeens op.

'Hannie is ziek. Lichte longontsteking,' zei Joop.

'O gut… vervelend,' vond Suze. 'Laten we er een nemen op haar gezondheid. Dit rondje is van ons, hè Moon?'

'Misschien eerst even deze opdrinken?' stelde Theo voor.

Anderhalf uur later was de stemming er alleen maar beter op geworden. Er werd gelachen en te hard gepraat. Theo begon zelfs te zingen, maar dat smoorde Cobie met haar hand voor zijn mond. Suzes been raakte dat van Joop. Die deed alsof hij niets merkte.

'En dan te bedenken,' riep Monique, 'dat we helemaal niet wisten dat er hier een cocktailavond was! We kwamen eigenlijk vragen of jullie al plannen hadden voor de kerst. Er is op eerste kerstdag een heel gezellig en lekker driegangenkerstdiner bij café Amsterdam. Suze en ik zijn daar vorig jaar ook geweest, hartstikke leuke avond gehad. Lijkt jullie dat wat? We moeten wel snel reserveren, want ze zaten al bijna vol. Voornamelijk met Nederlanders.'

De overige drie vonden het een geweldig idee. Monique zou de volgende dag reserveren voor zes personen.

Suze legde een hand op Joops arm. 'Hannie vindt het toch ook wel leuk?' informeerde ze.

'Hannie is ons feestbeest,' riep Theo met dubbele tong, 'die vindt alles leuk!'

Iedereen lachte, alleen Cobie niet. Die keek verwijtend naar haar man. Die nam net een grote slok van zijn cuba libre.

* * *

Hannie was aan de beterende hand. Na twee dagen antibiotica was de koorts gezakt en het hoesten een stuk minder. Ze had voorzichtig een boterham en wat fruit gegeten en er kwam weer een beetje kleur op haar wangen.

Ze had voorgesteld om 's avonds te gaan klaverjassen in de hotelkamer. Het was tenslotte hun vaste kaartavond.

'Goed idee, Han, tradities zijn er om in ere gehouden te worden, waar je ook bent,' vond Theo.

'Waarom niet beneden in de lobby? Dat is toch veel gezelliger,' had Joop geopperd.

'Daar ben ik nog te zwak voor, Joop, al die drukte.'

Joop had zijn schouders opgehaald. 'Ik weet niet over wat voor drukte jij het hebt, als daar 's avonds tien mensen zitten is het veel, maar wat jij wil.'

'Nee, niet wat ik wíl, maar wat ik kán, daar gaat het om.'

'Tuurlijk, schat.'

Joop had na het avondeten de salontafel naar het midden van de kamer geschoven, Theo had twee stoelen uit hun kamer naar die van Hannie en Joop verhuisd en Cobie had zich over de catering ontfermd: kaas, worst, thee en bier. Cobie had uit solidariteit besloten thee te drinken in plaats van wijn, maar ze had Theo niet mee kunnen krijgen.

'Op thee kan ik niet klaverjassen,' beweerde die. 'Kaarten zonder bier is als, eh...'

Hij kon zo gauw niets bedenken.

'Als fietsen zonder hengel?'

'Wat ben jij scherp opeens, Cootje,' lachte Theo en hij opende twee flesjes bier.

Cobie schonk thee in en serveerde de heren een koekje bij hun bier.

'Oké,' zei Theo uitgelaten, 'ik neem een sprits bij mijn pilsie en dan nemen jullie een lekker plakkie worst bij de thee.'

Cobie gierde het uit. Ook Hannie moest lachen.

Theo speelde altijd samen met Hannie, en Cobie met Joop. Drie potjes, nooit twee of vier. De verliezer van een spelletje moest een euro in het speciale klaverjasspaarvarken doen en daarvan gingen ze dan eens per jaar een dagje uit. Het ene jaar kozen Joop en Hannie een bestemming, het andere jaar Theo en Cobie. Ze waren bijvoorbeeld al naar Paleis Het Loo geweest, naar de Hoge Veluwe, het Zuiderzeemuseum in Enkhuizen en al drie keer naar de Keukenhof, want dat verveelde nooit.

Dit jaar was de pot vlak vóór vertrek naar Benidorm omgekeerd. Het resultaat: honderdvijfendertig euro.

Ze hadden toen afgesproken er tijdens het overwinteren van uit eten te gaan.

'Waar zullen we gaan eten van het kaartgeld?' vroeg Hannie toen ze na een verloren spelletje een euro in het spaarvarken stopte.

'We kunnen het uitgeven aan het kerstdiner,' opperde Theo.

'Hebben we dat niet in het hotel dan?' vroeg Hannie verbaasd.

'Nee, we zouden toch naar café Amsterdam gaan?' zei Cobie.

Hannie zette grote ogen op. 'Café Amsterdam?'

'O...' Cobie keek even naar Joop, '... heeft Joop het je niet verteld dan?'

'Helemaal vergeten.' Joops stem klonk een beetje schor. 'We hebben namelijk eigenlijk al gereserveerd voor het kerstdiner bij café Amsterdam. Dat schijnt echt erg lekker te zijn. En veel Nederlanders. Jij lag nog ziek op bed en we dachten dat jij het vast heel leuk zou vinden. Toch?' Hij keek, steun zoekend, naar Cobie en Theo. Die knikten vol overgave.

'En heb jij dat gereserveerd?' vroeg Hannie aan Joop.

'Ja, eh... dat wil zeggen... ik ga ervan uit dat Monique dat inmiddels voor ons gereserveerd heeft.'

'Gaan die twee dan ook mee?'

'Die twee kwamen eigenlijk met het idee, Han. Superleuk toch?' schoot Cobie Joop te hulp. Tevergeefs.

'Ik vind het niet leuk dat jullie dat zonder mij hebben besloten terwijl ik doodziek in bed lag,' zei Hannie zachtjes.

'We dachten dat je –' begon Theo.

'Jullie dachten: wat maakt het uit wat Hannie vindt,' onderbrak ze hem.

'Nee, natuurlijk niet, Han,' suste Cobie, 'we wilden je niet lastigvallen. Maar blijkbaar hebben we dat verkeerd ingeschat. De volgende keer gaan we het je zeker vragen.'

Hannie slikte en zei toen voor zich uit: 'Oké, het is al goed.'

Er viel een stilte. Joop legde even een arm om Hannies schouders. 'Sorry.'

Uiteindelijk vroeg Theo met een klein stemmetje: 'Wie moet er delen?'

* * *

De volgende ochtend bij het ontbijt was de stemming weer enigszins opgeklaard. Over het kerstdiner werd angstvallig gezwegen. Daar was, wat Theo betreft, een ander probleem voor in de plaats gekomen.

'Ik heb het omgekeerde van wat Cobie laatst had,' meldde Theo toen ze bijna uitgegeten waren.

Joop keek niet-begrijpend. 'Het omgekeerde van wat, Thé?'

'Nou, Cobie kon niet en ik kan juist een beetje te goed.'

'Wát kan je te goed?' vroeg Hannie ongeduldig.

'Naar de wc.'

'Diarree,' fluisterde Cobie.

'Gatverdamme! Waarom altijd die vieze praatjes als we zitten te eten?' protesteerde Hannie.

'Gaat het met jouw verstopping eigenlijk alweer beter, Cobie?' ging Joop onverstoorbaar op het onderwerp stoelgang door.

'Het loopt weer als een zonnetje daarbeneden,' antwoordde Cobie.

'Goed om te weten.' Hannie schoof demonstratief haar ontbijtbordje van zich af.

Theo legde uit dat het beter zou zijn als hij de rest van de dag in de buurt van de wc zou blijven. Cobie verklaarde zich solidair. Zij ging in het winkeltje van het hotel ansichtkaarten kopen en die samen met haar man schrijven. 'In het zonnetje op het balkonnetje.'

'Nou, Joop, dan gaan wij straks met z'n tweeën koffiedrinken in café Amsterdam,' deelde Hannie mee, 'en vanmiddag ga ik lezen en uitrusten op onze kamer. Ik ben nog te zwak om de hele dag door te jakkeren. Dus dan moet jij jezelf vermaken, maar daar zul je vast geen moeite mee hebben.'

Joop haalde zijn schouders op. 'Ik kom de tijd wel door.'

* * *

Een half uurtje later wandelden Hannie en Joop het hotel uit.

Hannie stak haar arm door die van haar man en zei: ‘Ik weet dat ik soms een moeilijke vrouw ben. Je kent me toch.’

Joop keek verbaasd opzij. ‘Wat wil je nou dat ik zeg? Dat je inderdaad een moeilijke vrouw bent of dat het wel meevalt?’

‘Waarom nou meteen weer zo cynisch?’

‘Ik doe niet cynisch. Ik vind het moeilijk hierop te reageren.’

‘Jij weet toch net zo goed als ik hoe het komt dat ik niet meer de Hannie van vroeger ben.’

‘Ja, dat weet ik. Maar daar kan je niet alles mee goedpraten.’

‘Ik praat niks goed.’

Ze zwegen enige tijd. Het begon te regenen. Ze liepen zo dicht mogelijk bij de gevels en onder de luifels van de lange rij hotels.

Hannie kneep even in Joops hand.

‘Het is toch gezellig, even met z’n tweeën?’

Joop mompelde een bevestiging.

‘Ze zijn best wel druk, die twee,’ vond Hannie.

‘Wie?’

‘Cobie en Theo natuurlijk.’

‘Volgens mij mag je je handen dichtknijpen met een vriendin als Cobie. Zo lief en zorgzaam vind je ze niet vaak.’

‘Dat weet ik. Maar toch...’

Joop overwoog te vragen ‘Maar toch wat?’, maar hij had geen zin in het antwoord.

Zwijgend liepen ze verder.

Hannie verbrak de stilte. ‘Het is helaas vandaag niet bepaald “in het zonnetje op het balkonnetje”. Het is gewoon waardeloos weer. We hadden een paraplu mee moeten nemen.’

‘Nou, tot nu toe hebben we toch best lekker weer gehad? In ieder geval beter dan in Nederland. Daar zeikt het al dagenlang van de regen.’

‘En de regen is in ieder geval warmer hier,’ deed Hannie haar best positief te blijven.

‘We zijn er bijna, binnen is het vast droog.’

Even later hield Joop de deur van café Amsterdam voor zijn vrouw open.

Ze keken rond op zoek naar een leeg tafeltje.

‘Niet meteen kijken,’ waarschuwde Hannie, ‘maar Arie en Stella zijn er ook. Ik weet niet of ik daar zin in heb.’

‘Dat zijn toch hartstikke aardige mensen.’

‘Maar ik vond het juist zo gezellig, even alleen met jou.’

Joop trok zijn wenkbrauwen op. ‘O? Ja, ik ook, hoor.’

‘Kijk eens wie we daar hebben!’ schalde de stem van Arie door het café. ‘Onze vrienden uit nul-twintig.’

Hannie en Joop keken zogenaamd verrast op.

‘Hé, Rotjeknor is ook present,’ riep Joop terug, ‘je weet toch wel hoe dit café heet, hè Arie? Café Amsterdam.’

‘Maakt niet uit, ik ben ruimdenkend. Kom er gezellig bij zitten.’

Joop stapte op het tafeltje van Stella en Arie af.

Hannie kon weinig anders dan zich met een klein glimlachje bij hen aansluiten.

Even later zaten ze aan de koffie met appelgebak.

‘Ben je weer helemaal beter, Hannie?’ informeerde Stella. ‘Ik hoorde van Theo dat je een longontsteking had. Wat een pech, mop, ziek worden in je vakantie.’

'Ja, waardeloos,' vulde Arie aan, 'goed dat je weer onder de mensen bent.'

Hannie koesterde zich in de belangstelling en trok enigszins bij.

'Heeft Joop goed voor je gezorgd?' vroeg Stella.

'Eh... ja hoor. Voor zijn doen. Maar eigenlijk heeft Cobie zich het meest om me bekommerd,' antwoordde Hannie.

Joop concentreerde zich op zijn appeltaart.

Arie meldde met een mond vol dat hij, als hij ziek was, absoluut niemand in zijn buurt moest hebben. Dat hij zich liever op zijn stompjes naar de wc sleepte dan dat hij om hulp vroeg.

Stella keek hem meewarig aan en schudde haar hoofd.

'Jij bent niet normaal, Arie Vestering. Normale mensen willen verzorgd worden.'

Ze draaide zich naar Hannie en vertelde dat haar man een enorme eenpitter was. Dat hij, na een paar uur onder de mensen, het liefst weer een tijdje alleen was.

'Nou, zo een heb ik er ook,' luchtte Hannie haar hart. 'Joop zit hele dagen in zijn schuurtje. Altijd bezig met vage knutselprojecten. Hij zou het liefst ook in de schuur slapen. En als hij niet in zijn schuurtje zit, dan zit hij aan de waterkant met een hengel, of op zijn volkstuin.'

Joop keek voor zich uit.

'Kijk, het is voor een relatie het beste als je mekaar vrijlaat,' meende Arie. 'Dan hou je het veel langer met mekaar uit. Niet op iemands lip zitten. Stella en ik hebben bijvoorbeeld hier in Benidorm de afspraak dat we elke middag, of bijna elke middag, ons eigen gang gaan.'

'En dat betekent in Aries geval dat hij bijna elke middag op het terras van De Rode Walvis biertjes zit te drinken,' vulde Stella aan.

'Ja, dat vind ik prettig. Ik rol daar op mijn gemakje naartoe, over de boulevard, neem twee, drie pilsjes, kijk naar mensen, en daarna rol ik weer terug. Is mijn kop helemaal leeg.'

'En is er weer ruimte voor mij,' glimlachte zijn vrouw.

'Misschien moesten jullie dat ook eens proberen,' opperde Arie.

Hannie keek zuinig. Joop bestudeerde zijn lege kopje.

Arie haalde zijn schouders op. 'Het is maar een idee, hè. Wie wil er nog een bakkie?'

Toen Hannie en Joop niet veel later terugliepen naar hotel Miramar werd er lange tijd gezwegen.

Hannie doorbrak de stilte.

'Elke middag apart op stap. Dat wil je toch niet op je vakantie? Waar is dat nou goed voor? Zou jij dat willen dan?' Ze keek Joop aan. Die aarzelde even.

'Elke middag is misschien een beetje veel.'

'Hoeveel middagen dan? Drie, vier, zes?'

'Twee of drie, om mee te beginnen?'

'Joop, doe normaal.'

* * *

Het regende zachtjes. Al urenlang. Het was vier uur in de middag en de winkelstraatjes waren zo goed als uitgestorven. Benidorm lag erbij als een oude man die voor de televisie in slaap is gevallen. Sommige winkeltjes met goedkope toeristentroep lieten bij gebrek aan klandizie de rolluiken al zakken. Andere winkeliers staarden vanuit de deuropening naar de stralen water die vanaf de luifels naar beneden kwamen. Er was niemand die een zonnebril, een opblaasdolfijn of een strooien hoedje kwam kopen. Op de niet-overdekte terrassen stonden de stoelen omgekeerd op de tafels. Alles was nat, leeg en somber.

De surrealistische, glimmend verlichte entrees van de hotels straalden alleen voor de enkele auto die door de plassen voorbijreed.

Ook het strand was uitgestorven en op de boulevard reed een eenzame, drijfnatte bejaarde in een scootmobiel langzaam langs de terrassen.

'Die rijdt hier elke dag,' vertelde Arie. 'Zo dement als een kanarie. Ik heb hem wel eens gevraagd of hij de weg kwijt was en of ik hem ergens mee kon helpen. Nee hoor, hij ging pannenkoeken eten bij zijn moeder. Hij doet er ongeveer een uur over om helemaal naar het einde van de boulevard te sukkelen en weer terug.'

'Hij mag wel een duikbril opzetten met dit weer,' grapte Joop.

Nadat Joop en Hannie op de kamer hadden geluncht, had zij zich met haar boek op bed geïnstalleerd. Hij moest zich maar zien te vermaken, had ze gezegd.

'Ik ga een krantje kopen en daarna ergens wat drinken,' meldde Joop zich af.

Hannie mompelde iets van 'paraplu meenemen'.

Buiten keek Joop om zich heen. Er was bijna niemand op straat. Hij sloeg het straatje in naar het strand. Op de boulevard vond hij na enig zoeken een troosteloze souvenirwinkel die ook tijdschriften en kranten verkocht. Hij bestudeerde de voorraad: zeven Spaanse kranten en twee Engelse.

‘*Do you have De Telegraaf?*’ vroeg hij de oudere dame achter de toonbank.

Ze keek hem glazig aan en haalde langzaam haar schouders op.

‘*Dutch newspapers?*’ probeerde hij.

‘*No, no. Sorry.*’

‘*Where?*’ vroeg Joop en hij wees naar de deur.

Ze aarzelde en wees toen naar buiten. Eerst schuin naar rechts en daarna schuin naar links.

‘Nou, dat schiet lekker op,’ zei Joop tegen zichzelf. ‘*Gracias en adios.*’

Hij ging de winkel uit en sloeg rechts af. Een paar honderd meter verderop was een vrijwel identiek winkeltje. Opnieuw vroeg Joop tevergeefs om een *Dutch newspaper*.

Na het derde winkeltje gaf hij het op en liep in de regen terug over de boulevard.

‘Dat is toch niet te geloven. Vroeger kon je overal *De Telegraaf* en het *AD* kopen.’

Als Joop alleen was, praatte hij graag tegen zichzelf. In zijn knutselschuurtje en op zijn volkstuin deed hij niet anders. Daar hoefde hij zijn woorden niet te wegen. Met zichzelf kreeg hij nooit ruzie.

Joop vond dat hij na de mislukte zoektocht wel een biertje had verdiend en wandelde naar De Rode Walvis in de hoop daar zijn nieuwe Rotterdamse vriend Arie te treffen.

Die stelde hem niet teleur: hij zat onder een grote parasol op het verder geheel verlaten terras van het café. Een paar andere overwinteraars hadden hun heil binnen gezocht en zaten achter de beslagen ramen. Joop schoof aan bij Arie.

‘Het barst hier van de Nederlanders, maar er is geen Nederlandse krant te krijgen. Dat is toch raar?’ mopperde hij.

'Iedereen leest de krant hier op zijn telefoon, Joop. Je moet een beetje met je tijd meegaan.'

Joop schudde zijn hoofd. 'Zo'n grote krant op zo'n klein schermpje, dat vind ik niks.'

'Er is trouwens niks gebeurd,' stelde Arie zijn vriend gerust, 'tenminste, niet iets waar je blij van wordt. En waarom zou je allemaal dingen willen weten waar je alleen maar chagrijnig van wordt? Besteed jij je energie nou maar liever aan binnen twee biertjes halen, en een portie bitterballen.'

Joop lachte en gaf Arie een klapje op zijn kale hoofd. 'Je hebt gelijk.'

Even later proostten ze. Ze staarden even voor zich uit naar de verlaten boulevard.

'Morgen is het zeker beter weer, omdat slechter niet kan,' mijmerde Arie.

Joop knikte instemmend.

'Kijk,' zei Arie, 'de kunst is om niet chagrijnig te worden. Door bijvoorbeeld met veel aandacht deze bitterbal te eten. Niet die hele bal achteloos in je mond proppen, maar hem met kleine hapjes opknabbelen. Dan proef je veel meer én is de kans dat je je bek verbrandt ook veel kleiner. We doen veel dingen vaak zonder erbij na te denken. En liefst tegelijk. Eten en televisiekijken bijvoorbeeld, of lezen en koffiedrinken met de radio aan. We denken dat we kunnen multitasken, maar dat is niet zo. We kunnen hooguit snel taken afwisselen.'

'Je bent behoorlijk filosofisch vandaag, Arie,' merkte Joop op.

'Weet je, Joop, sinds ik in die rolstoel terecht ben gekomen, denk ik veel meer na over hoe je het gelukkigst kan worden. En dan kom ik soms bij een bitterbal uit.'

Hij dipte een nieuwe bal zorgvuldig in de mosterd en nam een hapje. Hij proefde met gesloten ogen.

Joop nam ook een bitterbal.

Arie opende zijn ogen weer. 'Hoe zit dat met jou, Joop? Ben je gelukkig? Of doe je op zijn minst een beetje je best om het te worden?'

De vraag overviel Joop. Was hij gelukkig? Hij dacht na.

Arie nam een grote slok bier en likte het schuim van zijn bovenlip.

Joop aarzelde. Hij kende Arie amper.

Om nog wat tijd te winnen herhaalde hij de vraag. 'Ben ik gelukkig?' Daarna gaf hij het antwoord. 'Het gaat.'

'Zoals je dat zegt, klinkt het als een dikke onvoldoende.'

'Nou, dikke onvoldoende... laten we zeggen... een vijf,' gaf Joop toe.

'Mijn ervaring leert dat de meeste mensen er vaak een of twee puntjes bij liegen, om het niet al te erg te laten lijken,' merkte Arie op.

'Misschien,' gaf Joop half en half toe. 'En jij? Wat voor gelukscijfer geef jij jezelf?'

'Ik geef mezelf een mager zeventje. Twee punten aftrek omdat ik in die kloterolstoel zit.'

'Ik geef mezelf twee punten aftrek voor mijn vrouw.' Joop schrok van zijn eigen woorden, maar Arie leek het de gewoonste zaak van de wereld te vinden, zo'n openhartig antwoord.

'Hannie lijkt me inderdaad niet het zonnetje in huis. Zit ze je erg op je huid?'

'Eigenlijk alleen de laatste vijfendertig jaar.'

Arie grinnikte. 'En waarom ben je dan al die tijd bij haar gebleven?'

'Tja... waarom? Het huis staat op haar naam, bijvoorbeeld. Bijna alle spullen zijn van haar. Ik heb alleen een brommer en daar kan je niet in wonen. Maar vooral: ik heb niemand om naartoe te gaan. Ja, ik kan naar het Leger des Heils. Maar dan ben je helemaal zielig. Thuis heb ik in ieder geval mijn knutselschuur nog en mijn volkstuin zonder huisje.'

'Een mens moet, als hij gaat trouwen, eigenlijk gelijk een echtscheidingsverzekering afsluiten,' zei Arie.

'Maar dat heb ik helaas niet gedaan. Wij zijn niet schuldloos gescheiden maar schuldloos bij elkaar gebleven.'

Arie krabde aan zijn hoofd en knikte langzaam. 'Ja, dan blijft het waarschijnlijk voorlopig een vijfje. Maar... er is altijd hoop op een gelukkig leven, zolang je inzicht hebt in jezelf. Dat heb ik ergens gelezen.'

'Laten we er daar nog maar een op nemen dan.'

'Dat kan nooit kwaad, Joop.'

Toen Joop een half uurtje later in de schemering door de regen terugliep naar hotel Miramar vroeg hij zich af hoe het kwam dat twee mensen die misschien nooit echt verliefd waren geweest, maar elkaar toch ooit heel aardig hadden gevonden, elkaar nu al zo lang het leven zuur maakten. Niet eens bewust, meer uit gewoonte. Uit ongemak met de ander en uit ongemak met zichzelf.

'Een half leven min of meer verprutst en nog maar een jaar of tien, vijftien te gaan. Weinig kans dat het leven nog een zes wordt, laat staan een acht. Dat klinkt wel erg fatalistisch, Joop Elzinga,' mompelde hij voor zich uit. 'Doe godverdomme eens een beetje beter je best om er nog wat van te maken.'

* * *

Hannie was verdiept in haar roman. Ze lag mooi op haar schema van drie boeken in de week. Er werd geklopt en Cobie stak haar hoofd om de hoek.

'Gelukkig, ik maak je niet wakker,' zei ze. 'Ik ga zo meteen ansichtkaarten kopen, moet ik er voor jou ook een paar meenemen?'

Hannie dacht na. 'Naar wie sturen jullie er allemaal een?' vroeg ze toen een beetje bedremmeld.

Cobie somde op: 'De kinderen, de kleinkinderen, mijn moeder, Theo's broer en zus, mijn eigen zussen, Belinda en Sjon, nog een paar vrienden en vriendinnen. Alles bij elkaar een stuk of twintig.'

'O,' zei Hannie, 'nou, eh... wij doen eigenlijk niet aan kaarten sturen.'

'Maar dat is toch enig, een ouderwetse kaart krijgen?' jubelde Cobie.

Hannie keek weg en veegde met de mouw van haar jurk langs haar ogen.

Cobie schrok. 'Meissie toch, moet je nou huilen?'

'Het is toch stom. Ik heb gewoon bijna niemand om een kaart naartoe te sturen. Alleen mijn zus. Verder niemand. Geen kinderen, geen kleinkinderen. Ik heb nog een broer, maar daar heb ik al jaren ruzie mee. Buren die geeneens gedag zeggen. Alleen Joops moeder. Maar die is dement. Wat moet ik die nou schrijven?'

'Ik zet er gewoon overal "Groeten uit Benidorm" op, en dan teken ik een zonnetje dat lacht. En daaronder "Hartstikke gezellig hier".'

'Erg origineel, Co.'

'Wat maakt het uit, beter dan geen kaart, toch?' zei Cobie opgewekt. 'Zal ik een kopje thee voor je maken?'

'Nee, dank je.'

Er viel een stilte.

'Nou, dan ga ik maar. Je weet het zeker? Geen kaarten?'

'Doe er maar twee dan.'

Cobie liep naar de deur, treuzelde even en draaide zich toen om.

'Zou je het leuk vinden om af en toe een middagje met z'n tweeën op stap te gaan? Zonder mannen. Winkelen bijvoorbeeld of naar de wellness.'

'Begin jij nu ook al?'

'Hoezo?'

'Nou, vanochtend was die Arie ook al zo aan het zeuren over apart op stap. Ik hoef niet zo nodig apart.'

'Ik ook niet, hoor, maar Joop zei dat-ie…' Ze viel midden in haar zin stil.

'Wat zei Joop?'

'Nee, niks.'

'Wat zei Joop?' drong Hannie aan.

'Dat het misschien een idee was om elkaar af en toe wat vrij te laten.'

'Jaja. Alsof hij in de gevangenis zit.'

'Nee, dat zei hij niet.'

'Voor mij hoeft dat niet zo nodig. Ik hou trouwens niet van wellness. Ik ga niet in zo'n sauna zitten, in andermans vieze zweet.'

'Het wordt heel vaak schoongemaakt, hoor.'

'Hoe weet je dat nou?'

'Nou ja, dat denk ik. Ik vind wellness in ieder geval heerlijk. Lekker ontspannen.'

'Nou, dan moet je iemand anders zoeken om mee te gaan. Ga je toch lekker met die Monique en die Suze, dat zijn vast saunatypes.'

Cobie verstrakte en keek doodongelukkig.

Hannie schrok ervan en krabbelde een beetje terug. 'We kunnen misschien wel een keertje samen winkelen. Morgenmiddag bijvoorbeeld?'

Haar vriendin zuchtte van opluchting. 'Hartstikke gezellig, Han.'

* * *

'Zeg, Theo, de dames gaan vanmiddag winkelen en souvenirtjes kopen, dus dan hebben wij een vrije middag. Laat jouw stoelgang het alweer toe om naar de Thaise massage te gaan?'

'Alles weer bruin en stevig, makker, dus ik ben je man,' antwoordde Theo lachend.

De twee vrienden zaten aan de ontbijttafel en hun vrouwen stonden iets verderop te wachten in de rij voor de gebakken eieren met spek.

Theo had nog wel een klein bezwaar. 'We moeten nog wel een oplossing vinden voor die geur van de massageolie, die blijft blijkbaar nogal lang om ons heen hangen. Of zullen we gewoon zeggen waar we naartoe gaan? Ik denk niet dat Cobie moeilijk doet.'

'Maar Hannie des te meer, dat is vragen om problemen. Zeker als ze hoort dat het vijfenveertig euro kost. Ik hoor het haar al zeggen: "Je bent een vieze ouwe vent, Joop Elzinga, met je dure massage. Zeker ook nog met een happy end erbij?"'

Theo keek verbaasd. 'Wat voor end?'

'Jezus, Thé, doe niet zo naïef. Je weet wel...' Bij die laatste woorden maakte Joop een handgebaar bij zijn gulp.

'Aftrekken?'

Joop knikte.

'Doen zij dat of moet ik het zelf doen?'

Joop moest grinniken. 'Dat maakt bij mij niet veel verschil, je kan sjorren wat je wil, maar er zit niet veel leven meer in daarbeneden.'

Theo keek een beetje ongemakkelijk.

'Doen jullie het nog wel eens?' vroeg Joop.

Theo slikte en liet een gemaakt hoestje horen.

'Nou?' drong Joop aan.

'Nee, niet echt. Maar we knuffelen nog wel. Elke dag.'

Dat antwoord ontroerde Joop.

Het gesprek viel even stil. Toen vroeg Theo: 'En bij jou? Doen jullie het nog wel eens?'

'Nou...' schamperde Joop, 'de laatste keer dat wij het hebben gedaan kon je nog met guldens betalen. Dus reken maar uit.'

'Ook niet knuffelen?'

'Voor knuffelen moet je van iemand houden.'

Theo keek zijn vriend lang aan, maar wist niets te zeggen.

'Dus...' doorbrak Joop de stilte, 'dat happy end laten we zitten, maar een lekkere massage gaan we regelen vanmiddag.'

'En die olie?'

'Stil, daar komen ze,' waarschuwde Joop. 'Ik bedenk wel iets,' voegde hij er nog snel aan toe.

* * *

'Godsammelone, wat koud. Wat een waardeloos idee, Joop!'

'Het water is inderdaad een beetje kouder dan ik dacht, maar als je eenmaal door bent is het best te doen.'

'Alleen gaat die massageolie er in het zoute water niet echt lekker af.'

'Straks nog even insmeren met zonnebrand en niemand die nog iets ruikt.'

'Maar de zon schijnt niet eens.'

'Ja, ik kan niet alles regelen.'

Twee minuten later liepen ze de zee uit, het strand op. Magere witte benen in een iets te hoog opgetrokken zwembroek die een beetje lubberde bij de pijpjes en strak stond bij een bolle buik. Daarboven schriele schouders en een roodverbrand hoofd met een paar dunne slierten nat haar.

Ze droogden zich af met hun te kleine handdoekjes en smeerden zich zorgvuldig in met zonnebrand. Daarna trokken ze hun kleren weer aan en wandelden naar het dichtstbijzijnde terras. Ze bestelden een biertje en zakten genietend achterover in hun stoel.

'Zo is het leven toch best uit te houden, vriend?' informeerde Theo.

Joop bromde iets terug. Hij nam een slok van zijn biertje. De zon kwam achter de wolken vandaan en hij sloot zijn ogen. Het was een paar minuten stil.

'Eerst die massage met warme olie en daarna dat koude zeewater, dat heeft mijn lijf nog nooit meegemaakt. Ik tintel helemaal,' verbrak Joop de stilte.

Er kwam geen antwoord en Joop opende zijn ogen. Zijn vriend

was in een mum van tijd in slaap gevallen. Het lichaam een beetje scheefgezakt op zijn stoel, kin op de borst, mond een klein stukje open. Joop kon een glimlach niet onderdrukken. Zo kon geluk er ook uitzien.

Een paar meter verderop zag hij een ouder echtpaar naar hen kijken. Ze lachten Joop vriendelijk toe en staken hun duim op. Joop antwoordde eveneens met een duim omhoog.

Cobie en Hannie zaten op het strand in een strandstoel. De zon scheen, ze aten een ijsje en bespraken hun echtgenoten.

'Ik heb al in minstens tien jaar geen bloemen meer van hem gehad,' zuchtte Hannie, 'zelfs niet voor mijn verjaardag.'

Cobie keek haar vriendin verbaasd aan. 'Echt? Theo is ook niet bepaald attent, maar ik krijg wel vaak een bos bloemen.'

'Niks krijg ik. Geen bloemetje, geen chocolaatjes, geen cadeautje.'

'Geef jij hém wel eens iets dan?'

Hannie trok een verongelijkt gezicht.

'Nou?' drong Cobie aan.

'Wat zou ik hem moeten geven dan? Een doos schroeven? Een emmertje aas?'

'Ik geef Theo af en toe een paar Belgische biertjes,' zei Cobie, 'en ik heb hem laatst een nieuwe dobber gegeven. Wel de verkeerde, maar hij was er toch heel blij mee. Of hij deed in ieder geval alsof. Het gaat om het gebaar, Han.'

Hannie schudde koppig haar hoofd, ze was duidelijk van mening dat Joop moest beginnen.

Praten en tegelijkertijd een ijsje eten was geen goede combinatie. Het ijs smolt sneller dan de dames likten. Op het bloesje van Cobie drupte een spoor van ijs zonder dat ze iets merkte.

Pas toen er een flinke klodder mokka-ijs tussen de borsten van Hannie terechtkwam, drong het tot hen door.

Hannie slaakte een gilletje en Cobie schaterde het uit. 'We lijken wel bejaarden.'

'We zijn bejaarden, Co.'

'O ja.'

'Op het terras in slaap gevallen?' zei Cobie hoogst verbaasd toen ze die avond weer met z'n vieren aan het avondeten zaten. 'Dat is knap, schat. Had je te veel gedronken?'

'Een half biertje. Ik was helemaal rozig. Dat kwam door...' begon Theo, tot hij onder tafel een schop tegen zijn been kreeg.

'O, sorry, Thé,' zei Joop, terwijl hij schuin onder tafel keek, 'ik heb kramp in mijn kuit.'

'Dat kwam door het zwemmen,' ging Theo onverstoorbaar verder.

'Was het niet erg koud?' vroeg Cobie.

'Eigenlijk wel,' lachte Joop.

'Voor geen goud dat ik in zee ga,' zei Hannie.

'Jammer, je zou er lekker van opknappen,' reageerde Joop.

'Hoe bedoel je dat nou weer?' vroeg Hannie scherp.

'Ik bedoel alleen maar dat je er enorm van opfrist,' zei Joop, 'niks meer en niks minder.'

Er viel een stilte.

'Hoe was het winkelen, meisjes? Hebben jullie nog mooie cadeaus voor jullie mannetjes gekocht?' vroeg Theo iets te luid.

'Heel gezellig. Maar we hebben niet veel leuks gezien, we hebben alleen allebei een mooie sjaal gekocht,' zei Cobie.

'Die winkels hier zijn allemaal hetzelfde. Met alleen maar Chinese rommel. Om te winkelen kan je beter in Amstelveen blijven,' mopperde Hannie.

'En...' Cobie keek guitig en pakte er een plastic tasje bij, 'we hebben voor jullie allebei een mooi zonnehoedje gekocht.'

Ze haalde twee crèmekleurige hoedjes tevoorschijn. 'Voilà!'

'Spreek je nou ook al vloeiend Frans, schat?' lachte Theo.

Even later vroegen ze de ober een foto van hen vieren te maken: de dames met hun nieuwe sjaal om, de mannen met hun zonnehoedje op.

'*Say cheese!*' zei de fotograaf.

* * *

'Ik vertrouw het niets,' zei Hannie en ze schudde haar hoofd. 'Hij ligt alleen maar op bed en beweegt nauwelijks. Hij heeft ook niks gegeten.'

'Kan een kat ook longontsteking krijgen? Omdat-ie bij jou op bed lag toen je ziek was? Of is dat niet besmettelijk?' vroeg Cobie.

'Een longontsteking is volgens mij niet besmettelijk,' meende Theo. 'Niest hij veel?'

'Het is meer een beetje piepen. Zo zielig, mijn hart breekt,' jammerde Hannie.

Cobie legde haar hand op Hannies arm. 'Het is natuurlijk ook een beetje je kindje, hè.'

Hannie knikte. 'Zo voelt het wel. Al weet ik natuurlijk niet hoe een echt kindje voelt.'

'Nou, als je kind ziek is, ben je zelf ook ziek. Een enorme steen in je maag van de machteloosheid,' legde Cobie uit.

'Ik heb nu ook een steen op mijn maag.' Hannie zuchtte opnieuw. 'Ik schep even snel wat op en daarna ga ik weer naar Basje.

Joop, jij moet meteen na het eten uitzoeken waar de dierenarts zit.'

'Nu al?' sputterde Joop tegen. 'Zullen we het niet nog even een dagje aanzien?'

'Nee, niks even aanzien. Basje heeft iets ergs, dat voel ik gewoon. Dus probeer of we vandaag nog ergens terechtkunnen op het spreekuur. En vraag of er een Nederlandse dierenarts is in Benidorm.'

Zonder verder een antwoord af te wachten stond Hannie op, liep met haar bord naar het ontbijtbuffet, laadde het vol met brood, eieren met spek, een croissant en twee vruchtenyoghurtjes en verliet haastig de ontbijtzaal.

'Haar eetlust lijdt er niet onder,' bromde Joop.

'Waarom doe je toch altijd zo flauw tegen haar, Joop?' Cobie vroeg het eerder verbaasd dan verontwaardigd. 'Ze heeft het gewoon moeilijk als Basje ziek is. Dat is toch logisch? Mannen begrijpen dat niet.'

'Ga je daar veel van eten dan?' vroeg Theo zich zonder enige ironie af.

Cobie knikte. 'Sommige mensen eten als ze ongelukkig zijn of zorgen hebben. Hannie heeft me zelf wel eens verteld dat ze een moeilijke relatie heeft met eten. Al weet ik niet precies wat dat betekent.'

'Weet jij hoeveel wij al uitgegeven hebben aan die kat?' merkte Joop op.

'Geen idee,' zeiden Theo en zijn vrouw in koor.

'Nou, ik denk dat we van al die rekeningen van de dierenarts een leuk tweedehands autootje hadden kunnen hebben in plaats van die klotebrommer.'

'Echt?'

‘En nog een knappe ook. Een operatie aan zijn maag, een gebroken poot, oorontstekingen, blaasontstekingen, een ingeslikt speelgoedpoppetje en God weet wat allemaal nog meer. Die dokter begint al te stralen als hij ons weer met die mand aan ziet komen lopen. Plus al die keren dat er eigenlijk niks aan de hand was.’

‘Dat doet er allemaal niet toe, Joop,’ reageerde Cobie voor haar doen fel. ‘Als jij van je kind of je kat houdt, dan wil je het beste, dan maakt het niks uit wat het kost. Dan maar geen auto.’

Theo knikte instemmend.

Het leek Joop geen goed moment om te zeggen dat die kat hem gestolen kon worden. En het liefst vandaag nog.

* * *

De stemming tijdens de rest van het ontbijt was bedrukt. Zodra ze uitgegeten was, vertrok Cobie naar de kamer van Hannie en Joop om haar vriendin gezelschap te houden. Theo informeerde bij zijn vriend of hij mee moest helpen een dierenarts te zoeken. Joop bromde dat hij het wel alleen afkon en vertrok naar het kleine Corendon-kantoortje achter in de hal van het hotel.

Theo bleef alleen achter in de ontbijtzaal en keek ontredderd om zich heen. Hij was eigenlijk nooit ergens alleen. Hij kon niets beters bedenken dan nog maar een kopje koffie voor zichzelf te gaan inschenken.

Toen Joop bij het kantoortje van de reisorganisatie aankwam, zag hij een bordje aan de deurknop hangen: WE ZIJN ER EVEN NIET. IN NOODGEVALLEN KUNT U BELLEN. Er stond een 06-nummer bij.

Dit leek Joop wel een noodgeval. Hij belde het nummer. Het

duurde lang voor er werd opgenomen, maar toen klonk er een slaperige stem: 'Met Imelda van Corendon, goedemorgen, wat kan ik voor u doen?'

'Goeiemorgen, ik ben nogal dringend op zoek naar een dierenarts, want onze kat is ziek geworden.'

'Met wie spreek ik?'

'Sorry, je spreekt met Joop Elzinga uit hotel Miramar. Ik sta hier voor jullie kantoortje, maar er is niemand. Daarom heb ik dit nummer gebeld. Onze kat is dus ziek en moet naar een dierenarts. Als het kan een Nederlandse. Kun je me helpen?'

Het bleef stil aan de andere kant.

'Hallo? Ben je er nog?'

'Ja, eh... ik ga het voor u uitzoeken.'

'Hoelang gaat dat duren? Mijn vrouw zit me namelijk nogal achter mijn vodden.'

Imelda kreeg een hoestbui en Joop hield de telefoon wat verder van zijn oor.

Toen ze uitgeblaft was, meldde de hostess dat ze zo snel mogelijk naar hotel Miramar zou komen en ondertussen ging uitzoeken waar de dichtstbijzijnde dierenarts praktijk hield. Ze beloofde er over een uur te zijn.

Joop bedankte en verbrak de verbinding. Hij zuchtte en slofte naar de lift. Een paar minuten later ging hij hun hotelkamer binnen. Hannie en Cobie hadden de twee leunstoelen voor het bed geschoven en keken naar Basje, die languit op een kussen op het bed lag. Hannie had een boek op haar schoot liggen en Cobie een breiwerkje. Ze keken op toen Joop binnenkwam.

'En?' vroeg Hannie.

'Ik ben er nog mee bezig. Dat Corendon-meisje gaat het voor ons uitzoeken.'

'En hoelang gaat dat duren?'

'Dat weet ik niet. Ze is over een uurtje beneden in de lobby.'

'Kon ze niet sneller?' vroeg Hannie geïrriteerd.

'Een uurtje, Han, dat is toch heel snel?'

'Heb je ook bij het hotel zelf gevraagd?'

Joop moest bekennen dat hij dat niet had gedaan, omdat hij daar de zin niet van inzag en omdat ze alleen Engels spraken.

'Ik weet niet eens wat dierenarts is in het Engels, dus ik dacht, ik regel het via die Imelda.'

'Je kan het toch op zijn minst proberen, of kan het je niks schelen dat Basje doodziek is?'

Cobie sloeg een arm om de schouders van haar vriendin. 'Natuurlijk kan het Joop wel schelen. We zijn er allemaal door van slag. Het komt vast goed, Han. Iedereen doet zijn best voor Basje.'

De sussende woorden hielpen. Hannie richtte zich tot de kat.

'Niet doodgaan hè, schat van me,' fluisterde ze, 'jij bent alles wat ik heb.'

'Hij gaat heus niet zo snel dood, hoor, Han,' troostte Cobie, 'en de Spaanse doktoren zijn vast heel knap.'

'Hoe weet je dat nou?'

'Dat denk ik gewoon.'

'Ik hoop het,' zuchtte Hannie. 'Basje is al bijna veertien jaar, hoor,' voegde ze er met een trillende lip aan toe.

Joop glipte de hotelkamer uit.

Beneden trof hij Theo nog steeds in de ontbijtzaal. Hij was de enig overgebleven gast. Zijn derde kopje koffie was koud geworden. De obers en kamermeisjes waren om hem heen druk aan het opruimen.

'En?'

'En wat?'

‘Is het gelukt met die dierenarts?’

‘Nog niet. Ik heb over drie kwartier een afspraak met Imelda. Hopelijk mijn redder in nood.’

‘Wat gaan we tot die tijd doen?’

‘Geen idee,’ antwoordde Joop. Hij keek om zich heen. ‘Misschien is het beter om ergens anders verder te gaan met zitten wachten.’

Theo keek ook om zich heen en zei verbaasd: ‘Verrek, er is niemand meer.’

* * *

In de lobby was net een nieuwe lading gasten aangekomen: een bus vol bleke Engelsen. Overal stonden grote koffers en tassen, de Engelsen zelf stonden in een keurige rij voor de balie.

‘Daaraan kan je zien dat het Engelsen zijn,’ stelde Theo vast, ‘die gaan netjes in de rij staan. Nederlanders proberen altijd voor te dringen.’

De twee vrienden zaten op een bankje in een hoekje van de hal van het hotel, vanwaar ze de deur van het Corendon-kantoortje in de gaten konden houden.

‘Wat gebeurt er als-ie doodgaat?’ vroeg Theo plompverloren.

Joop hief zijn handen een stukje op. ‘Ik weet het niet. Laten we in godsnaam hopen dat die kat het volhoudt tot we weer thuis zijn. Anders valt ook jullie vakantie in het water.’

Theo sloeg onhandig een arm om de schouders van zijn vriend. ‘Dat is dan pech, maar we zijn er om jullie te steunen, dat weet je, hè. Samen uit, samen thuis.’

‘Dat is aardig van je, Thé.’

'Hannie zal ontroostbaar zijn,' zei Theo, 'die kat is alles voor haar.'

'Klopt,' antwoordde Joop, 'als ze zou moeten kiezen wie er dood moest, de kat of ik, dan weet ik het zo net nog niet.'

'Echt?'

'Nou ja, gelukkig hoeft ze niet te kiezen.'

'Zo, mooie mannen, wat een ernstige gezichten. Is er iemand dood?'

Het was de opgewekte stem van Monique. Zonder dat de heren het hadden gemerkt waren Monique en Suze binnengewandeld en nu stonden ze voor het bankje waarop Theo en Joop zaten.

'Nog niet,' antwoordde Joop.

De dames schrokken zichtbaar.

'Meen je dat? Nee, dat is een grapje, toch?' vroeg Suze bedremmeld.

'Nou ja, het gaat om een kat, niet om een mens,' stelde Theo de dames gerust.

Joop vertelde over de zieke kat en de vriendinnen betuigden hun medeleven. Toen stelde Suze voor om met z'n vieren koffie te gaan drinken.

Joop keek op zijn horloge. 'Als het goed is komt Corendon over een half uur ongeveer, dus als we hier aan de bar bestellen, kunnen we wel een bakkie nemen.'

Even later zaten ze aan de bar, Joop aan zijn eerste kopje koffie van de dag, Theo hikte tegen zijn vierde aan.

'We kwamen eigenlijk vragen of jullie morgenmiddag mee wilden om een ritje met zo'n tandemscootmobiel te maken,' zei Monique, 'dat leek ons zo grappig.'

'Tandemscootmobiel?' herhaalde Theo schaapachtig.

'Ja, heb je die nog niet gezien dan? Die kan je hier overal huren.

Zit je met z'n tweeën achter elkaar op een soort dubbele scootmobiel. Leek ons zo leuk, een karavaantje van drie van die tandems.'

Theo was meteen enthousiast. 'Wij gaan mee, Cobie is gek op dat soort dingen.'

Joop keek bedenkelijk. 'Mij lijkt het leuk, maar ik ben bang dat Hannie er niet voor te porren is. In ieder geval niet zolang die kat ziek is. Dan blijft ze zeker hier.'

'Misschien blijft Cobie wel liever bij haar vriendin, als die bij Basje blijft,' bedacht Theo.

'In dat geval kunnen we beter wachten tot de kat beter is,' vond Monique.

'Of we gaan eerst een keer met z'n vieren en daarna nog een keer met z'n zessen. Kunnen wij het parcours verkennen,' stelde Suze voor.

'We gaan even overleggen en laten het morgenochtend weten, goed?' Joop zag nu al als een berg op tegen dat overleg met zijn vrouw.

'Wil iemand nog een tweede bakkie?' vroeg Monique.

Theo trok een moeilijk gezicht. 'Ik stuiter in de rondte van alle koffie. Is het al tijd voor een middagbiertje?'

'Het is nog ochtend, jochie,' antwoordde Monique, 'het is pas elf uur.'

Joop zag Imelda de hal van het hotel binnenstappen en stond op. 'Daar is ze. Nou, misschien tot morgenmiddag.'

Joop wandelde Imelda tegemoet en zag vanuit zijn ooghoek nog iemand op haar aflopen. Het was de chagrijnige meneer Verhoeven, die haar al een paar keer het leven zuur had gemaakt. Hij versnelde zijn pas iets om Joop net voor te zijn en sprak de hostess van Corendon onmiddellijk aan.

'Bent u daar eindelijk, jongedame. U zou hier om elf uur zijn en het is nu bijna tien over elf.'

'Het spijt me, meneer,' zei Imelda en daarna richtte ze zich tot Joop.

'Goedemorgen, meneer Elzinga, ik heb het even voor u uitgezocht en ik heb er een, hoor.'

'Hoho, ik was eerst,' kwam Verhoeven ertussen. 'Ik heb een klacht.'

Imelda keek hulpeloos naar Joop. Die knikte dat ze de ander voor mocht laten gaan.

'Ik word helemaal hoorndol van die kerstmuziek in dit hotel,' stak Verhoeven van wal, zonder acht te slaan op Joop. 'Ze hebben hier volgens mij maar één bandje en dat draaien ze de godganse dag. Ik heb al dertig keer "Jingle Bells" voorbij horen komen in de eetzaal.'

Imelda stond er beteuterd bij.

'Dus of u ervoor wilt zorgen dat er een ander bandje gedraaid wordt.'

'Het is volgens mij geen bandje. Ik denk een speellijst van Spotify of zoiets.'

'Kan me niet schelen wat het is, als het maar ophoudt.'

Joop had verbaasd naar de klagende Verhoeven geluisterd.

'Wij vinden het juist gezellig, die kerstmuziek,' zei hij tegen hem, 'en het hoort gewoon bij kerst.'

Verhoeven keek verstoord op. 'Waar bemoeit u zich mee! Ik praat met deze vertegenwoordiger van Corendon en die is er voor de klant, voor mij in dit geval.'

'Ik ben er voor alle klanten van Corendon,' zei Imelda bedeesd.

'Ik wil dat u iets aan die afschuwelijke kerstmuziek doet.'

Imelda trok een beetje wit weg.

Joop deed een stapje naar voren. 'Nou moet je eens goed luisteren, stuk chagrijn. Jij hebt altijd wat. Zij gaat niet over de muziek. Dat doet het hotel. Ga maar bij de receptie klagen. Niet bij haar in ieder geval. En nou opgesodemieterd.'

Verhoevens mond viel een stukje open. Hij aarzelde. Joop deed nog een stapje naar voren.

Toen draaide Verhoeven zich om en beende naar de receptiebalie.

Joop grijnsde tevreden.

'Dank u wel, meneer,' zei Imelda.

'Heel graag gedaan.'

'Ik heb een dierenarts voor uw kat gevonden. Een hele goeie.'

'Mooi. Trouwens, nu ik je toch spreek, weet jij of er ergens in Benidorm Nederlandse kranten worden verkocht?'

'Papieren kranten, bedoelt u?' Imelda keek verbaasd. 'Nee, dat lijkt me niet. Iedereen heeft toch het nieuws op zijn telefoon?'

'Ach ja,' zuchtte Joop. Hij voelde zich ineens heel oud.

* * *

Het was druk bij de dierenarts. Joop telde bij binnenkomst twee honden, drie katten, een papegaai en twee gesloten tassen met onbekende biereninhoud.

Hannie ging zitten met de kooi met de kat op haar schoot. Ze trilde en er stonden zweetdruppeltjes op haar voorhoofd. Door het luikje in de kooi aaide ze Basje. 'Rustig maar, schatje. De dokter gaat jou weer helemaal beter maken.'

'Dat gaat wel even duren,' zuchtte Joop, 'we hebben nog een stuk of acht beesten voor ons. Als we hier binnen anderhalf uur weg zijn, mogen we blij zijn.'

‘Heb je nog iets belangrijks te doen of zo?’

‘Nee, vanmiddag niet.’

‘Vanavond wel dan?’

Joop aarzelde. Was dit het juiste moment om het ritje in de scootmobielen aan te kondigen? Eigenlijk niet, maar aan de andere kant: bestond er wel een goed moment? Als hij er nu meteen mee kwam, bleef hij er in ieder geval niet tegen aanhikken.

‘Toen ik vanochtend op dat meisje van Corendon zat te wachten, kwamen we Monique en Suze tegen en die vroegen ons of we zin hadden om morgenmiddag een tochtje in zo’n tweepersoonsscootmobiel te maken.’

Hannies gezicht, dat al somber stond, betrok nog meer.

‘Die kwamen jullie tegen? Toevallig. In de hal van óns hotel?’

‘Nou nee, ik denk meer dat ze ons kwamen bezoeken.’

‘En jij hebt natuurlijk gezegd dat we niet kunnen, vanwege onze zieke kat.’

Joop aarzelde. ‘Nou ja, ik heb gezegd dat ik jou zou vragen of je het leuk vond. Is het niet voor morgen, dan voor later, als Basje beter is.’

‘Morgen is Basje niet beter, dat weet jij ook wel. En ik geef ook niks om ritjes met zo’n scootding.’

‘Jij wil nooit iets. Het alternatief is dat we met z’n vieren gaan. Theo dacht dat Cobie wel liever bij jou zou willen blijven.’

De tranen sprongen Hannie in de ogen. ‘Verdomme, Joop, mijn Basje, onze Basje, gaat misschien wel dood en jij gaat alsof er niks aan de hand is een ritje in een scootmobiel maken met twee… twee andere vrouwen. Wat ben je toch een… een… Ik kan wel janken, weet je.’

Joop keek op. Alle ogen in de wachtkamer waren op hen gericht.

Hannie verborg haar ogen achter haar handen. Joop keek naar zijn voeten.

'*The next one please.*'

De assistente keek de wachtkamer rond.

Joop stootte Hannie aan. 'Wij zijn.'

Sinds Hannies uitval, bijna een uur geleden, hadden ze geen woord meer gewisseld.

Hannie stond zwijgend op en liep met de kooi aan haar arm de spreekkamer binnen. Joop volgde gedwee.

De arts, grijs haar, witte jas, gaf beiden een hand en stelde zich voor: José Morales.

'*Do you speak Dutch or English?*' vroeg Joop angstig.

'*English, she.*' Hij wees naar zijn assistente, een jong meisje in een witte jas.

'*A little bit,*' zei het meisje.

'*Me too, a little bit.*' Joop knikte haar toe.

Morales deed een paar medische handschoenen aan en haalde Basje uit de kooi. De kat spartelde een beetje tegen, maar werd zonder mankeren in de houdgreep genomen.

Hannie wendde vol afschuw haar hoofd af.

De dierenarts vroeg iets in het Spaans.

'*What is the matter with the cat?*' vertaalde zijn assistente.

'*He does not eat, already tree days. And he makes pieping noises.*'

Het meisje vertaalde.

Joop keek de dokter aan en vroeg zich af of deze het begrepen had, want hij bleef zonder te reageren de kat bevoelen en bekloppen.

'*Es demasiado gordo.*'

'*He is too fat.*'

'Hij is te dik,' zuchtte Joop.

'Hij is niet dik. Dat komt doordat hij gecastreerd is.' Voor het eerst sinds hun binnenkomst sprak Hannie.

'Die dokter zegt dat-ie dik is, Han, niet ik. En die dokter ziet heus wel dat hij gecastreerd is.'

Hannie zweeg.

De arts vroeg iets in het Spaans.

'*What does he eat?*' vertaalde de doktersassistente.

Joop wist het Engelse woord voor kattenbrokjes niet. Hij tekende kleine rondjes in de lucht. Dokter Morales keek niet-begrijpend.

'*Catbrocks*,' probeerde Joop.

'*And Wishcas*,' voegde Hannie eraan toe.

De assistente zei iets in het Spaans tegen haar baas. Die knikte.

'*And sometimes a cookie*,' voegde Joop nog toe aan het menu van Basje.

'Waarom moet je dat nou weer zeggen?' siste Hannie hem toe.

'Omdat-ie nou eenmaal af en toe koek eet. Die man moet alles weten wat van belang kan zijn,' zei Joop geïrriteerd.

'Die een of twee koekjes per dag, wat maakt dat nou uit?'

'Hij krijgt wel vijf of zes koekjes per dag.'

De arts keek stoïcijns naar het kibbelende echtpaar en ging toen onverstoorbaar verder met zijn onderzoek. Deze keer door een vinger diep in het kontje van de kat te steken.

Basje miauwde hartverscheurend.

Hannie kromp ineen. De tranen sprongen in haar ogen.

Dokter Morales trok zijn vinger terug, deed zijn handschoenen uit, waste kalm zijn handen en zei intussen iets in het Spaans tegen zijn assistente.

'*No more cookies. Only this*,' zei het meisje tegen Joop en Hannie en ze wees op een wand vol blikjes kattenvoer. '*Cat has problems with the stomach,*' vervolgde ze en ze wees daarbij op haar eigen buik. '*Bad food.*'

'Basje heeft maagproblemen, of misschien darmproblemen, dat kan ik er niet precies uit opmaken, en we moeten hier blikjes kopen, geloof ik,' zei Joop tegen Hannie.

'Vraag hoe erg het is.'

'*Is it bad?*'

'*A little bit bad,*' antwoordde het meisje.

Een paar minuten later stonden ze weer buiten met de kat in de kooi.

Ze hadden vijfentachtig euro af moeten rekenen voor het consult, zevenentwintig euro voor een doosje pillen en voor vijftig euro speciaal kattenvoer aangeschaft.

'Wat een oplichterij,' brieste Hannie, 'bijna tweehonderd euro en we zijn nog geen tien minuten binnen geweest. Behalve dat uur wachten dan. En blikjes van vijf euro per stuk!'

'Het kon je toch niet schelen wat het kostte, als Basje maar beter werd?' bromde Joop.

'In jouw sarcasme heb ik nu echt helemáál geen zin.'

'Als je hem niet zo veel koek had gegeven, hadden we waarschijnlijk honderdzestig euro uitgespaard. En een paar zakken koek,' kon Joop niet nalaten het er nog even in te wrijven.

'Ach, hou toch je kop.'

* * *

Het was die avond tijdens het eten niet zo gezellig. Cobie probeerde met koetjes en kalfjes de sfeer luchtig te houden en Theo maakte grapjes, maar Joop en Hannie zwegen voornamelijk.

'Ik neem nog een toetje. Kan ik voor jou iets meenemen, Hannie?' vroeg Cobie.

'Doe maar twee bolletjes ijs, een vanille en een chocola. En wat vruchtjes.'

Joop aarzelde of hij wat ging zeggen over Hannies eetlust, die nooit ergens onder leek te lijden, maar besloot zijn mond te houden.

'Gaat het alweer iets beter met Basje?' vroeg Theo. 'Is-ie al geweest?'

'Hij is wel een paar keer in de kattenbak gaan zitten, maar nog zonder resultaat,' antwoordde Hannie.

'De medicijnen moeten even de tijd krijgen natuurlijk, het komt vast goed. Je zal zien dat-ie morgen de hele bak volpoept. Zo'n kat moet natuurlijk ook wennen aan het Spaanse eten,' sprak Theo Hannie moed in.

'Hij heeft anders tot nu toe alleen maar Hollands blikvoer gegeten,' zei Joop, 'en koekjes van de HEMA.'

Cobie kwam aanzetten met twee enorme ijscoupes.

'Ik heb er ook maar een beetje slagroom op gedaan, Han. Na zo'n rottige dag heb je dat wel verdiend.'

Dat 'beetje' was nogal onderdreven. De twee bolletjes ijs en de vruchtjes waren verdwenen onder een enorme berg slagroom. Hannie protesteerde niet.

'Zeg, Joop, heb jij Hannie nog verteld over het plan om met z'n zessen een ritje te gaan maken in van die tandemscootmobielen?' vroeg Theo.

Joop knikte.

'En?'

'Zolang Basje ziek is, blijf ik hier,' zei Hannie beslist.

'Maar als-ie beter is, is het toch een hartstikke leuk idee?' Cobie had er duidelijk zin in.

'Dat zien we dan wel weer. Ik ben niet zo gek op die dingen. Maar ik wil geen spelbreker zijn,' voegde Hannie eraan toe toen ze de bedremmelde gezichten rond de tafel zag.

Cobie stelde voor dat zij de volgende dag bij haar vriendin zou blijven en dat de mannen dan met Monique en Suze een verkenningstochtje konden maken.

Hannie keek Cobie boos aan. Die keek verbaasd terug, ze was zich van geen kwaad bewust.

Daarna richtte Hannie haar blik doordringend op Joop.

Die zuchtte en zei gelaten: 'Gaan jullie maar met z'n vieren brommeren. Ik blijf wel bij... Basje.'

Hannie legde haar hand even op die van Joop. 'Dank je, schat.'

* * *

Joop zat onder een parasol op het balkon. Op zijn schoot het puzzelboekje, waar hij al aardig in gevorderd was. Hannie zat binnen in haar leunstoel te lezen. Ze hadden al een uur geen woord gezegd. Joop nam een slok van zijn lauwe appelsap. Hannie joeg een vlieg van haar koekje. Haar ogen zochten de kat.

'Hij zit weer op de bak,' riep ze richting de open deur naar het balkon.

'O.'

Hannie legde haar boek opzij en ging op onderzoek uit bij de kattenbak.

'Hij heeft gepoept,' juichte ze, 'niet zo veel, maar toch... het begin is er.'

'Gelukkig,' bromde Joop.

'Moet je niet even komen kijken?' vroeg Hannie.

‘Kijken? Naar kattenpoep?’

‘Een beetje belangstelling voor je kat kan geen kwaad. En een beetje belangstelling voor mij trouwens ook niet. Je zegt geen boe of ba, ik lijk wel lucht voor je.’

Joop zweeg.

‘We moeten nog bijna vijf weken, hè, dat weet je.’

‘Ja, dat weet ik. Ik mis gewoon mijn eigen dingetjes, mijn schuurtje, mijn volkstuin.’

‘Kan je nou niet een paar weken zonder dat schuurtje met al die zogenaamde projecten van je?’

‘Ik vind het leuk om iets omhanden te hebben. Wat is daar mis mee?’

‘Jij met al je opknappertjes, ouwe troep is het. Het is gewoon een excuus om alleen te zijn.’

‘En wat is daarop tegen?’

‘Het is heel raar dat je liever bij een kapotte grasmaaier bent dan bij je eigen vrouw.’

‘Die grasmaaier zegt niet de hele tijd dat ik van alles moet doen.’

‘Ik zeg bijna nooit wat je moet doen. Maar ik heb wel een beetje steun nodig. Je weet best waarom.’

Joop haalde zijn schouders op.

‘Je weet best waarom,’ herhaalde Hannie.

‘Ja, dat weet ik.’

‘Nou dan!’

Joop pakte zijn puzzelboekje weer op.

Hannie aaide de kat en ging daarna een handwasje doen in de wasbak. Na een kwartiertje kwam ze met een teiltje wasgoed het balkon op. Er was een waslijntje gespannen van de ene kant van het balkon naar de andere kant.

'Kan je je parasol even weghalen?' vroeg Hannie. 'Zo kan ik de was niet ophangen.'

Joop klapte de parasol in, zette hem in de hoek en ging weer verder met puzzelen.

'Hij is te hoog.'

Joop keek op. 'Wat is te hoog?'

'De waslijn. Ik kan er niet bij. Waarom heb je hem zo hoog gemaakt?'

'Ik heb helemaal niks gemaakt. Die haakjes zaten er al en die waslijn hing er ook al. Ik ga met mijn hoogtevrees echt niet op een stoel staan op het balkon. Ik peins er niet over.'

'Ja? En nu dan? Ik kan er niet bij.'

'Je kan toch dat trapje pakken dat daar in de hoek staat. Jíj hebt geen hoogtevrees.'

Hannie aarzelde. Daarna pakte ze het lage trapje met twee treetjes, schoof het onder de waslijn, zette er een stoel naast en plaatste daarop het teiltje met wasgoed.

Joop keek toe.

Hannie aarzelde opnieuw, keek een beetje angstig over de balustrade naar beneden en stapte toen heel voorzichtig op het eerste en daarna op het tweede treetje.

'Geef me even de was en de knijpers aan, ik durf niet ook nog te bukken en weer overeind te komen.'

Joop stak haar twee knijpers en een witte onderbroek toe. Zijn vrouw pakte het aan, draaide heel voorzichtig een kwartslag, reikte toen behoedzaam naar de waslijn boven haar hoofd en hing de onderbroek op.

* * *

Die avond tijdens het eten ratelde Cobie maar door. 'En toen ging ik de bocht om, want ik mocht ook even sturen van Theo, en toen moest ik keihard remmen, want ik botste bijna op een vuilniswagentje dat daar midden op de weg stond en toen botste Monique van achteren tegen ons op en daardoor was de milkshake van Theo helemaal over zijn broek gegaan en toen keek-ie zo beteuterd dat ik bijna in mijn broek pieste van het lachen.'

Joop en Theo grinnikten.

Hannie keek zuinig. 'Ik begrijp niet wat er grappig is aan een botsing.'

'Het was maar een heel zacht botsinkje, er was geen schrammetje te zien,' verdedigde Cobie zich. 'En het was zo gezellig met Monique en Suze en echt een leuk tochtje en het zit heerlijk dat ding. We hebben al best veel gezien. Maar nog lang niet alles, hoor. We willen graag volgende week weer, maar dan met z'n zessen.'

'Ik weet niet of het iets voor mij is, zo'n scootmobiel,' pruttelde Hannie.

'Kom op, Han, doe nou eens één keer gezellig mee!' Theo schrok zichtbaar van zijn eigen woorden.

Hannie slikte, haalde diep adem om iets te zeggen, maar hield zich in.

'Ik ga in ieder geval wel mee de volgende keer,' zei Joop resoluut.

'Toe nou, Han, het is toch veel gezelliger met jou erbij,' probeerde Cobie haar vriendin te paaien.

Hannie keek besluiteloos van de een naar de ander.

'Oké dan maar weer. Ik wil geen spelbreker zijn. Maar ik ga niet zelf sturen. Ik ga met Joop.'

'Top, hartstikke leuk, Han,' zei Theo. 'Even iets heel anders: er is straks Champions League-voetbal, Barcelona tegen Juventus. Op een groot scherm in café Barra, hier één straatje verderop.'

'Ik blijf bij Basje,' zei Hannie zonder aarzelen.

'Die heeft toch al drie keer gepoept,' merkte Theo op, 'kan die niet twee uurtjes alleen zijn?'

'Dat kan misschien wel, maar ik wíl het niet. En bovendien vind ik voetballen gewoon vies om naar te kijken.'

'Vies?' vroeg Theo verbaasd.

'Ja, vies. Allemaal volwassen mannen die anderhalf uur lang op het gras lopen te spugen. Elke keer als ze even stilstaan, zie je ze rochelen en op het gras spugen. Waar is dat in godsnaam voor nodig?'

Joop en Theo fronsten de wenkbrauwen. Dit hadden ze zich duidelijk nog nooit afgevraagd. Het was hun zelfs nog nooit opgevallen dat er door voetballers inderdaad belachelijk vaak op de grond werd gespuugd.

'Met biljarten doen ze dat toch ook niet?' zei Hannie triomfantelijk.

Daar zat wat in, moesten de mannen toegeven, al vonden ze wel dat het vele spugen geen reden mocht zijn om niet naar voetballen te kijken.

'Bij damesvoetbal spugen ze volgens mij bijna nooit,' zei Cobie, 'kijken jullie er daarom nooit naar?'

'Dat is één reden,' grinnikte Theo, 'en een andere reden is dat het niet om aan te zien is.'

'Theo, zo kan-ie wel weer, hè. Altijd dezelfde flauwe opmerkingen.' Zijn vrouw werd zowaar een beetje boos. 'Gaan jullie maar naar dat stomme voetbal kijken, wij blijven gezellig bij Basje, hè Han?'

Hannie knikte.

Joop gaf Theo een knipoog. Theo was de enige die dat niet opmerkte.

* * *

Er was niet één groot scherm in sportcafé Barra, er waren er vier, in elke hoek van de zaak een. Niet dat het deze avond nodig was, want er waren maar een stuk of twintig mensen in het café toen Theo en Joop er om half negen naar binnen stapten. Een tiental oudere Spaanse mannen die gezien hun shirtjes en sjaaltjes voor Barcelona waren en verder een paar toeristen van verschillende nationaliteiten, meest mannen maar ook een paar vrouwen.

Ze kozen een tafeltje uit en Theo ging bestellen.

Joop keek verbaasd op toen Theo terugkwam met twee biertjes en twee glazen witte wijn. 'Ik hoef geen wijn bij mijn bier, hoor.'

'Verrassing,' lachte Theo, 'de meisjes komen zo ook.'

'Onze meisjes?' vroeg Joop ongelovig.

'Nee, Monique en Suze, zij waren het die vanmiddag met het idee kwamen om voetballen te gaan kijken. Ze kunnen elk moment binnenkomen, dus ik heb vast een wijntje voor ze besteld.'

'En weet Cobie dat dan niet?'

'Die was naar de wc toen het ter sprake kwam.'

'Expres?'

'Expres naar de wc? Ja, ik denk het wel. Je gaat toch nooit per ongeluk plassen?'

'Nee, ik bedoel of zij het expres ter sprake brachten toen Cobie naar de wc was.'

'Dat weet ik niet,' zei Theo, 'maar ik heb het maar zo gelaten.

Ik dacht, als Hannie van Cobie hoort dat Suze en Monique er ook zijn, dan wordt dat weer een hoop gedoe. Cobie zelf maakt het vast niks uit.'

Joop fronste even zijn wenkbrauwen en nam toen een flinke slok van zijn bier.

Van de Spaanse voorbeschouwing begrepen de twee vrienden weinig. Ze herkenden eigenlijk alleen de namen van de Hollandse spelers.

'Dat kan leuk worden, Frenkie tegen Matthijs,' constateerde Joop.

'En gelukkig is Depay geblesseerd. Die staat altijd alleen maar voor zichzelf te voetballen,' vulde Theo aan, 'en voor God. Met dat irritante vingertje naar boven als-ie gescoord heeft.'

'Echt, daar kan ik met mijn pet niet bij,' was Joop het roerend met zijn vriend eens, 'dat iemand God bedankt als-ie een doelpunt heeft gemaakt. Alsof God voor Barcelona is.'

'En als Juventus scoort, is er weer een speler van Juventus die naar de hemel wijst. Is God zeker weer opeens voor de Italianen.' Theo schudde zijn hoofd.

'God waait echt met alle winden mee,' zei Joop. 'En dan komt Allah ook nog af en toe om de hoek kijken als er een moslim gescoord heeft.'

'Waar hebben jullie het nou in hemelsnaam over?' klonk het achter hen.

Monique en Suze waren binnengekomen en stonden nu pal achter de twee vrienden, die verrast omkeken.

'Hé, dames, wat leuk dat jullie er zijn. Kijk eens, we hebben twee stoelen voor jullie vrijgehouden en vast een wijntje voor jullie besteld,' zei Theo trots.

De dames installeerden zich.

'Voor wie zijn we vanavond?'

Toen bleek dat iedereen voor Barcelona was, besloot Monique toch maar voor Juventus te zijn, omdat ze het anders zielig vond voor Matthijs de Ligt. Suze liet weten dat ze bijna altijd voor het team was dat achterstond, behalve bij het Nederlands elftal, en dat ze dus eigenlijk altijd hoopte op een gelijkspel.

Joop en Theo schudden simultaan hun hoofd bij zo veel onbegrijpelijke voetballogica. Al moesten ze niet veel later tot hun verrassing constateren dat Suze de namen van bijna alle spelers kende en Monique ook de namen van beide trainers wist.

De wedstrijd begon en er werd niet veel meer gesproken. Niet dat er niets te zeggen viel, maar het Spaanse commentaar stond zo hard en was zo uitzinnig dat ze elkaar nauwelijks konden verstaan.

Pas in de rust daalde er een weldadige kalmte neer in de bar omdat de barkeeper tijdelijk het geluid zacht zette. Ze bestelden nog een drankje.

'Houden jullie vrouwen niet van voetbal?' vroeg Monique.

De mannen schudden van nee. 'Hannie vindt dat er te veel op de grond gespuugd wordt,' legde Joop uit.

Daar kon Monique wel in meegaan.

'Dat spugen gaat nog wel, ik erger me meer aan al die verschrikkelijk lelijke tattoos en die rare kapsels. Als die modepoppetjes niet voetballen, zitten ze bij de kapper of in de tattooshop,' vond Suze. 'Zeg eens, schat,' ze keek Joop schalks aan, 'heb jij ook ergens een tattoo?' En ze tilde Joops overhemd een stukje op.

Joop schudde een beetje ongemakkelijk van nee.

'Joop is puur natuur,' lachte Theo, 'één bonk spieren.'

'O ja?' zei Suze en ze kneep Joop zachtjes in zijn buik, 'volgens mij zijn het wel een beetje zachte spieren. Maar dat geeft niet, hoor. Ik hou er juist van als er een klein randje vet aan een man zit.' Suze sloeg even een arm om Joop heen. 'Ik zit je een beetje te plagen, Jopie.'

Joop lachte schaapachtig.

Gedurende de tweede helft werd er vanwege het oorverdovende Spaanse commentaar opnieuw weinig gesproken. Af en toe schreeuwde Suze iets in Joops oor of werd er met gebaren gecommuniceerd. Theo schold toen Juventus scoorde en gaf Monique een high five toen Barcelona gelijkmaakte. Joop voelde soms even de knie van Suze tegen de zijne.

'Het was een leuke avond, jongens, bedankt. Met z'n vieren kijken is veel leuker dan met z'n tweeën,' zei Monique toen ze na afloop van de wedstrijd op de stoep van het café stonden.

'Helemaal eens,' knikte Theo.

Joop aarzelde. 'Vinden jullie het erg om het niet tegen Hannie en Cobie te zeggen? Ik bedoel, dat wij met jullie voetbal hebben gekeken.'

Monique en Suze keken verbaasd.

'Hannie voelt zich nogal snel, eh... hoe zal ik het zeggen... dat ze er niet bij hoort. En dan wordt ze chagrijnig.'

'Geen probleem, hoor,' zei Monique, 'wat niet weet, wat niet deert.'

'Mee eens. En ik vond het een topavond.' Suze gaf Joop spontaan drie stevige zoenen. Joop zoende onhandig terug, in het luchtledige.

Monique en Theo konden niet achterblijven en iedereen kuste iedereen goedenacht.

'Tot gauw. In ieder geval tot we zondag weer met de scootmobielen op pad gaan, toch?' zei Theo.

‘Zeker,’ beaamden de dames. ‘Nou, doei.’ Zij vertrokken naar rechts en Joop en Theo gingen naar links.

Aan het eind van de straat keek Joop nog even om, maar Suze en Monique waren de hoek al om.

‘Gezellige meiden. En ze hebben nog verstand van voetballen ook. Dat is best een zeldzame combinatie,’ merkte Theo op. ‘Enne… ik weet het niet, hoor, Joop, maar volgens mij vindt die Suze jou wel leuk.’

‘Volgens mij is ze getrouwd,’ bromde Joop, ‘of was die andere getrouwd? Ik weet het niet meer.’

‘Je weet toch nog wel dat je zelf getrouwd bent?’ informeerde Theo lachend.

‘Helaas wel.’ Het kwam er serieuzer uit dan Joop had bedoeld.

Theo keek opzij naar zijn vriend. ‘Wat bedoel je? Je gaat toch niet…?’

‘Wat ga ik niet?’

‘Nee. Laat maar. Zullen we nog een afzakkertje nemen in het hotel?’

* * *

‘Het is te makkelijk hier, al dat eten,’ mopperde Hannie bij het ontbijt, ‘en dat maakt het juist heel moeilijk.’

‘Hoe bedoel je, Han?’ vroeg Cobie.

‘Nou, wat ik zeg. Zo’n ontbijtbuffet met van alles en nog wat aan lekkere dingen. Dan ga je toch vanzelf te veel opscheppen.’

‘Er staat nergens dat je verplicht bent om je bord helemaal vol te laden,’ bromde Joop.

‘Ja, op jouw commentaar zit ik echt te wachten,’ zei Hannie fel.

'Maar je zwemt toch elke dag. Of bijna elke dag,' probeerde Cobie haar op te beuren.

'Daar valt niet tegenop te zwemmen,' constateerde Hannie somber.

'Ach, weet je, kind, je moet maar zo denken...'

Wat Hannie moest denken zou onbekend blijven, want op dat moment ging Cobies telefoon. Ze keek op haar schermpje.

'O, het is Wesley. Sorry, Han, maar die moet ik effe...'

Hannie keek weg.

'Hallo, Wes, met mama... O, jij bent het, schatje, wat leuk dat je oma belt... Wat moet ik doen? ... O ja, domme oma...' Cobie haalde de telefoon van haar oor en hield hem voor haar gezicht. Op het schermpje was haar kleinzoon Stanley in beeld. 'Ja, nu zie ik je.'

Cobie zwaaide enthousiast. Stanley zwaaide terug.

'Wat heb je een mooie trui aan. Hoe is het daar, mannetje? Ben je fijn aan het spelen? Wij zitten lekker te ontbijten. Kijk maar.' Cobie draaide de telefoon naar de bordjes op tafel. 'Lekker, hè!' riep ze. Daarna richtte ze haar telefoon op haar gezelschap. 'Kijk, daar is opa.'

Opa zwaaide.

'En daar is opa Joop.'

Opa Joop zwaaide.

'En hier is oma Hannie, die zit lekker te smikkelen.'

Hannie glimlachte moeizaam en tilde even een hand op.

Cobie hield de telefoon weer voor haar gezicht. 'Oma mist jullie wel een beetje, hoor. Maar als ik thuiskom neem ik een cadeautje voor jullie mee.'

Het beeld ging van het gezicht van Stanley richting een brandweerwagen en werd toen zwart.

'Stanneman, schatje, ligt oma nu in de brandweerwagen? Hallo? ... Hallo?'

Cobie staarde naar het zwarte schermpje.

'Hij heeft me op zijn brandweerauto gelegd, die schat,' zei ze tegen Hannie, 'misschien ben ik wel op weg naar een brand.' Cobie deed een brandweerwagen na.

Hannie slikte en haalde even haar servet langs haar ogen. Toen stond ze op om een tweede kopje thee te halen.

'Hoi mam, hoe is het daar?'

Op het schermpje van de telefoon verscheen een jonge man.

'Dag schat. Hartstikke leuk hier. Hoe is het daar? Alles goed met Ingrid en de kleine man?'

'Goed hoor, druk druk druk.'

'Ach, jongen toch, niet te hard werken hoor, denk aan je rust!'

'Ik weet het, mam. Maar je hebt nou eenmaal werkpaarden en luxepaarden, hè.'

'En hoe is het weer bij jullie?'

'Om te huilen. Regen en natte sneeuw. Ik heb om vier uur 's middags al het licht aan.'

'Hier is het heerlijk. Zonnetje, twintig graden.'

'Nou, ik ben stikjaloers. Maar ik ga je nu hangen, want ik moet vandaag Stanley naar school brengen. Doe je iedereen de groeten daar?'

'Wil je papa niet even?'

'Ik moet nu echt weg. Sorry, pap, ik bel vanavond nog wel even!' riep hij hard in de telefoon.

'Goed, hoor!' riep Theo door de ontbijtzaal.

Twee echtparen aan een tafel naast hen keken verstoord op.

Hannie kwam weer aangelopen met een beker thee en een plak cake op een schoteltje.

'Ik ben klaar met bellen,' zei Cobie opgewekt.

'O, geen probleem, je belt maar, hoor,' antwoordde Hannie.

'Nou ja, ik dacht misschien is dat voor jullie een beetje ongemakkelijk.'

'Nee hoor. Heus niet.'

Na het ontbijt vertrokken ze naar café Amsterdam voor koffie met appeltaart.

Tonnie, de uitbaatster, begroette hen hartelijk als altijd.

'Goed dat jullie er zijn, want dan kan ik gelijk even met jullie het kerstmenu doornemen.'

'Het menu doornemen?' vroeg Joop.

'Ja, jullie moeten van tevoren je keuze doorgeven. Dan kan de kok daarop inkopen. Anders neemt iedereen bijvoorbeeld een varkenshaasje en kan ik twee kilo vis weggooien.' Ze deelde de invulformulieren uit en een paar pennen.

Iedereen bestudeerde aandachtig het menu.

'Ik weet nu nog niet waar ik over een paar dagen trek in heb,' zuchtte Cobie. 'Ik vind alles eigenlijk wel lekker.'

'Nou, gelukkig maar, dan maakt het ook niet zoveel uit wat je kiest, schat,' zei Theo.

'Zullen we anders half-half doen, Thé?' vroeg Cobie.

'Wat jij wil, mop.'

'Doen jullie ook half-half?' vroeg Cobie aan Hannie.

Die schudde van nee. 'Dat doen we al jaren niet meer.'

'Jammer, dat is juist zo gezellig.'

Iedereen boog zich opnieuw over het invulmenu.

Er was keuze uit drie voorgerechten: Hollandse garnalencocktail, tomatencrèmesoep of meloen met Spaanse ham. Als hoofdgerechten: varkenshaasje in roomsaus, zalm met dillesaus of kalkoenfilet à la Tonnie. En ten slotte de toetjes: dame blanche, flan catalan of koffie de luxe.

Tonnie kwam aanzetten met viermaal koffie met appeltaart.

'Zit er wat voor jullie bij? Hier kan de kok zich geen buil aan vallen en het is toch een beetje chic.'

'En lekker Hollands,' vulde Cobie aan.

'Ik heb nog wel een vraagje,' zei Theo, 'de zalm is toch wel op de huid gebakken, hè, anders lust ik het niet.'

'Ik zal jou op de huid bakken, grapjas,' zei Tonnie.

'Nog één vraagje: die koffie de luxe, kan dat koffie op een pootje zijn?' Theo keek er schalks bij.

'Koffie op een pootje?'

'Irish coffee.'

'Dat kan geregeld worden, Theo.'

Hannie informeerde bij Tonnie of het erg druk zou worden.

'Er zijn nog een paar plaatsen vrij. Dus het wordt gewoon gezellig druk. Zijn er nog allergieën?'

'Daar doen we niet aan,' zei Theo. 'Ik zeg altijd: als je geen allergieën wil hebben, dan heb je geen allergieën.'

'Zo kan-ie wel weer, Theo. Nou weer even je waffeltje houden,' zei Cobie en ze stak een groot stuk appeltaart in zijn mond.

* * *

Er klonk het geluid van de toeter van een stoomtrein uit de luidsprekers en langzaam zette het toeristentreintje zich in beweging. Theo en Cobie zaten op het voorste bankje in de zon. Theo wierp een blik op zijn vrouw, die gelukzalig om zich heen keek.

'Kijk ons nou toch weer eens, Thé, in een treintje in Benidorm. Heerlijk toch?'

Theo knikte, pakte de hand van zijn vrouw, drukte er een kus op en zei dat ze de koptelefoon op moest zetten. 'Op stand vijf, dat is Nederlands.'

Cobie zette hem op.

'Tot halverwege de vorige eeuw was Benidorm een klein, slaperig vissersdorp. Maar toen er, begin jaren vijftig, een einde kwam aan de tonijnvisserij, die tot dan toe voor werkgelegenheid had gezorgd, besloot de toenmalige burgemeester, Pedro Zaragoza, dat het roer om moest en het dorp zich met zijn zon, zee en strand voortaan op het toerisme moest gaan richten. Niet lang daarna lagen de eerste Noord-Europese dames in bikini op het strand, ondanks het in Spanje geldende bikiniverbod.'

Cobie stootte haar man aan en zei veel te hard: 'Hoor je dat, Theo? Bikini's waren hier verboden.'

Theo tilde een kant van de koptelefoon omhoog. 'Wat is er?'

'Bikini's waren hier verboden, gek hè.'

'Ik hoor hetzelfde als jij, schat.'

'O ja, wat dom.'

'De burgemeester liet, als eerste in Spanje, de bikini's oogluikend toe, maar de rooms-katholieke kerk sprak schande van al dat bloot en dreigde Zaragoza te excommuniceren. Die is toen op zijn scooter gestapt en naar Madrid gereden, om bij de hoogste en enige baas van Spanje, de dictator Franco, in het belang van het toerisme het bikiniverbod van tafel te krijgen. En dat lukte.'

Cobie zette haar koptelefoon af en stootte haar man aan.

'Zo jammer dat Hannie en Joop er niet zijn,' zei ze, opnieuw heel hard.

Theo schoof zijn koptelefoon naar achteren.

'Ik snap wel dat ze bij Basje willen blijven. Je moet er toch niet aan denken dat je terugkomt op je hotelkamer en je kat dood op je bed ligt.'

'Gatver, Theo! Ik wil het niet horen.'

Ze zetten beiden hun koptelefoon weer op.

'In 1950 telde Benidorm nog geen drieduizend permanente inwoners en nu zijn dat er zeventigduizend. Elk jaar ontvangt de stad rond de twee miljoen toeristen. Na Parijs en Londen telt Benidorm de meeste hotelbedden ter wereld en na New York heeft het, gemeten naar het inwonersaantal, de meeste wolkenkrabbers.'

Cobie legde de koptelefoon op haar schoot en tikte met haar nagel op die van haar man. Theo zette hem opnieuw af.

'En ik dacht dat we naar een soort Zandvoort zouden gaan. Zitten we in een soort New York aan Zee.' Ze zweeg even. 'En ze hebben het toch al niet makkelijk,' zei ze toen peinzend.

Theo fronste zijn wenkbrauwen. 'Hè, wat, waar heb je het over?'

'Over Hannie en Joop. Dat ze het niet makkelijk hebben samen.'

'O.'

'Vind je niet dat ze vaak onaardig tegen elkaar zijn?'

'Tja... het lijkt wel of ze dat zelf niet eens meer merken.'

'En meestal weet je niet eens waarom,' zuchtte Cobie. 'Ik weet wel dat ik heel erg ongelukkig zou worden als jij zo tegen mij deed.'

'Maar gelukkig doe ik dat niet,' glimlachte Theo.

'Ieder mens is natuurlijk anders...' mijmerde Cobie, 'maar toch... Wat schiet je ermee op?'

'En het is voor ons ook een beetje op eieren lopen.'

'Moeten we op eieren lopen?' vroeg Cobie verbaasd.

'Ik bedoel dat we op onze woorden moeten letten. Als je wat

verkeerd zegt, wordt óf de een óf de ander boos. Tijdens zo'n avondje klaverjassen merk je dat niet, en op de camping was het me eigenlijk ook nooit zo opgevallen, maar hier…'

'Ik vind het wel iets meer Joops schuld dan die van Hannie.'

'Nou…'

Ze keken elkaar even peinzend aan.

Toen zei Cobie: 'Ik krijg trouwens een houten kont van dit bankje.'

'Wil je op mijn jas zitten, schat?'

* * *

Bijna geluidloos gleed een karavaantje van drie tandemscootmobielen over de boulevard van Benidorm.

'Ik snap er niks van, volgens Buienradar is het droog, maar ik voel toch echt spetjes,' mopperde Theo.

'Deze spetjes zijn te klein voor Buienradar. Die tellen niet mee, Theo, dus niet piepen,' sprak zijn vrouw hem bestraffend toe.

'Het voordeel van regen is dat het heel rustig is op straat!' riep Suze vanuit haar scootmobiel.

Ze reden richting het kleine oude centrum van Benidorm: Theo met Cobie voorop, daarachter Suze en Monique en daar weer achter Joop en Hannie. Cobie had bij de verhuurder de speciale scootmobielapp op haar telefoon gedownload en leidde haar man enigszins paniekerig langs de uitgestippelde route van de stadstour. 'De volgende rechts, Thé, of… wacht… nee, niet deze, maar de volgende. Over dertig meter. Is dat dertig meter?'

Ze sloegen rechts van de boulevard af en kwamen in een wirwar van smalle straatjes terecht. Op de stoepen stonden terrasjes en de gebruikelijke uitstallingen van souvenirwinkels.

Suze bestuurde de tweede scoot en keek zo vaak lachend achterom naar haar vriendin dat ze al twee keer bijna achter op Cobie en Theo was gebotst.

'God, wat heeft die vrouw een aandacht nodig,' mopperde Hannie vanuit het derde wagentje.

Joop deed of hij niets hoorde.

'Dat is toch irritant, altijd dat overdreven lachen,' toeterde Hannie in Joops oor.

Die haalde zijn schouders op. 'Gun iedereen zijn plezier, Han,' bromde hij terug.

'Ik gun iedereen zijn plezier, maar ze moet niet zo aanstellerig doen.'

'Misschien moet je zelf wat vaker lachen. Helpt ook wel eens.'

'Heb je Johannes Elzinga weer. Moet mij zo nodig kleineren,' zei Hannie.

'Ik kleineer niet, ik stel alleen voor dat je wat vaker lacht.'

'Dan moet er wel wat te...'

De rest van Hannies zin ging verloren doordat Joop plotseling hard in zijn remmen kneep.

Theo was op een late aanwijzing van Cobie nogal abrupt links afgeslagen en Suze, die even niet oplette, probeerde iets te laat Theo te volgen, maar raakte met haar wiel de stoeprand. De scootmobiel kantelde en viel tergend langzaam tegen twee rekken strandkleding. Die kieperden met een enorm gekletter van metalen stangen en kleerhangers omver. Er klonk van verschillende kanten gegil en daarna was het even onwerkelijk stil. Suze en Monique lagen half onder de rekken met kleding en half onder hun wagentje. Ze waren zo geschrokken dat ze niets konden uitbrengen. Het enige geluid kwam van het voorwiel van de scootmobiel, dat zachtjes piepend in het luchtledige draaide.

Daarna brak er een ongekende heisa los. De eigenaar kwam schreeuwend uit zijn winkeltje gerend, twee oudere dames slaakten angstkreetjes, Theo was gestopt en keek stomverbaasd over zijn schouder en Cobie had haar handen voor haar ogen geslagen en riep alleen maar heel hard: 'O nee, o nee, o nee.'

Hannie keek als gehypnotiseerd toe.

Joop was uitgestapt en snelde op de berg kleren en ledematen af voor de ingang van de winkel. Er kwam een zacht gekreun uit. Hij haalde wat badpakken en handdoeken weg en keek in het krijtwitte gezicht van Monique.

'Gaat het? Nergens pijn of zo?' vroeg hij.

Monique schudde haar hoofd en wees op haar vriendin. 'Suze,' was het enige wat ze zei.

'Gaat het, Suus?' vroeg Joop angstig.

'Nee,' piepte Suze, 'mijn arm.'

De arm lag in een rare knik langs haar lichaam. Suze probeerde overeind te komen, maar zakte kreunend weer terug.

'Blijven liggen,' beval Joop en hij zocht hulp bij de toeschouwers. 'Bel 112!' riep hij de man van de winkel toe, die met zijn handen in de lucht stond te vloeken in het Spaans bij de aanblik van de chaos voor zijn winkel.

'Telefoon, *uno, uno, dos. Ambulancia*,' beet hij de man toe.

Die keek even verdwaasd, maar pakte toen toch zijn telefoon en belde het alarmnummer.

* * *

'Het was haar eigen schuld,' zei Hannie voor de derde keer in vijf minuten.

'Ja, nou weten we het wel, Han,' schoot Theo uit zijn slof, 'maar dat maakt het niet minder erg.'

'Moet ze terug naar Nederland, denken jullie?' vroeg Cobie.

De overige drie wisten het niet.

Ze zaten in de bar van hotel Miramar en Theo vroeg of er iemand nog iets wilde drinken. De dames wezen op hun volle glazen en Joop meldde dat hij een rondje oversloeg, dus haalde Theo alleen voor zichzelf een biertje.

Aan het tafeltje werd een tijdje somber gezwegen.

Toen ging de telefoon van Joop. Hij keek op het schermpje en nam op.

'Hallo Monique, Joop hier. Hoe is het daar?'

Er volgde een uitgebreid verhaal aan de andere kant van de lijn.

Joop luisterde. Zijn gezicht klaarde op. Af en toe knikte hij.

'Dus jullie hoeven niet terug naar Nederland?'

De anderen luisterden gespannen.

'Dat is een pak van mijn hart. Van ons hart. ... Gelukkig, daar nemen we een drankje op. Tot heel snel dus. Geef Suze van iedereen hier een dikke pakkerd.'

Hij drukte de telefoon uit en legde hem weg.

Drie vragende gezichten keken hem aan.

'Ze heeft een gebroken pols, maar het is geen moeilijke breuk of zo. Ze zit in het gips en er is geen reden om terug te gaan naar Nederland. Ze konden er allebei alweer hard om lachen, hoorde ik. Ze gingen nu een wijntje drinken, voor de schrik. Nou, Theo, doe mij toch maar een biertje, op de goede afloop.'

Cobie slaakte een zucht. 'Poeh, wat een opluchting. Ik voelde me een beetje schuldig omdat ik te laat tegen Theo zei dat we de bocht om moesten.'

'Belachelijk, Cobie,' reageerde Hannie, 'het was helemaal hun eigen schuld. Ze zaten te lachen en niet op te letten. Dat is vragen om problemen. Ze mogen nog van geluk spreken dat het niet veel erger is afgelopen.'

Joop keek naar Hannie. Hij zei niets, maar zijn ogen verraadden zijn ergernis.

'Ik ben toch echt blij, en ik ga de volgende keer niet meer de weg wijzen,' zei Cobie.

'Ik ben ook blij voor haar,' zei Joop.

'Ik denk niet dat er een volgende keer komt. Ik ben helemaal klaar met die scootmobielen,' sprak Hannie gedecideerd.

'Maar ben je ook een beetje blij voor haar?' vroeg Joop afgemeten.

'Ja, natuurlijk ben ik blij voor haar. Maar die gebroken pols was niet nodig geweest.'

Theo kwam terug met twee biertjes.

Ze proostten op de gezondheid van Suze en op die van alle anderen.

* * *

Over de boulevard kwam een stokoud echtpaar voetje voor voetje langsgeschuifeld. Arm in arm leken ze elkaar overeind te houden.

Vanaf het terras van De Rode Walvis keken Arie en Joop zwijgend toe.

Toen ze eindelijk voorbij waren, zei Arie: 'Stof zijt gij, en tot stof zult gij wederkeren,' en hij nam een grote slok van zijn bier.

'Nou… qua stoffigheid zijn we zelf ook al een flink eind op weg,' constateerde Joop enigszins bedrukt.

'Kop op, Joop, volgens de statistieken heb je nog een jaar of vijftien te gaan.'

Joop dacht even na.

'Weet je nog dat we het de vorige keer hadden over wat voor cijfer je je leven geeft?' vroeg hij toen.

Arie knikte.

'Ik heb daar nog eens over nagedacht,' zei Joop, en na een korte aarzeling: 'En eigenlijk ben ik een slappe zak als ik niet probeer om er de laatste jaren op zijn minst een zeven van te maken.'

Arie knikte opnieuw.

'Maar de vraag is alleen hoe?'

'Misschien moet je iets doen aan je huwelijk,' suggereerde Arie.

'Aan mijn huwelijk?'

'Ja. Stop met je te ergeren. *Nicht ärgern, nur wundern*, zei mijn vader altijd.'

Joop schudde langzaam zijn hoofd.

'Dat probeer ik al jaren, maar het lukt me niet om me niet te ergeren. En als ik me erger, kan ik mijn mond niet houden en zeg ik weer iets lulligs.' Joop keek er hulpeloos bij. 'Bovendien gaat ze soms gewoon echt te ver. Ze was een keer kwaad omdat ik volgens haar te vaak en te lang op mijn volkstuin was. Toen heeft ze een bak met zaailingen omgeploegd. "O, ik dacht dat het onkruid was. Ik wou alleen maar helpen…" Aan mijn zolen. Ze deed het gewoon expres.'

'Nou en?'

'Nou en? Uren werk naar de klote!'

'Dan is er misschien geen andere oplossing dan bij haar weggaan. Of nog vaker naar die volkstuin gaan.'

'Het is een tuintje waar je niet mag blijven slapen. Er staat alleen een klein schuurtje. 's Winters en bij slecht weer heb je er niks te zoeken.'

'Dan blijft alleen scheiden over,' concludeerde Arie. 'Maar je weet het, een scheiding is alleen makkelijk bij de kapper.' Hij grijnsde. 'Sorry dat ik er een grapje van maak.'

'Geeft niks, hoor, ik denk dat ik dat op een tegeltje laat zetten voor boven het dressoir. Ik durf het eigenlijk niet te zeggen, maar ik hoop soms dat Hannie een hartaanval krijgt in haar slaap. Is dat heel slecht?' vroeg Joop aan zijn nieuwe vriend. 'Ik heb trouwens ook een keer gedroomd dat ik een kussen op haar gezicht drukte.'

'Zolang er dood is, is er hoop,' grinnikte Arie.

Joop moest er ook om lachen. 'Dat is een mooi nieuw spreekwoord, Arie.'

'Dank je. Ik zit wel in een rolstoel, maar geestelijk ben ik nog goed ter been, Jopie.'

Ze namen een slok bier en keken uit over zee.

'Weet je,' ging Arie bedachtzaam verder, 'ik heb bijna twee jaar voor mijn dementerende vader gezorgd. De laatste maanden van zijn leven kon hij niks meer. Nog nét ademhalen. Hij was of boos, of bang, ik zag het in zijn ogen. Alleen maar lijden. Ik heb vaak naast zijn bed gestaan met een kussen in mijn handen. Maar ik durfde het niet. Ik heb er nog steeds spijt van dat ik hem niet uit zijn lijden heb verlost.'

Hij pauzeerde even.

'Waarmee ik natuurlijk niet wil zeggen dat je bij Hannie een kussen op haar gezicht moet drukken. Of zij bij jou.'

'Wat moet ik dan wel doen?'

'Wat dacht je van relatietherapie?'

Joop zette grote ogen op.

'Relatietherapie? Ben je wel goed bij je hoofd? Na veertig jaar huwelijk gaat een of andere dure zielenknijper daar echt niks meer aan veranderen. Dat is geld door de plee spoelen.'

Arie zat Joop gedurende zijn opgewonden tirade aan te grijnzen.

'Geintje. Kom maar van de kast. Dan blijft er niets over dan een keuze maken: blijven of weggaan.'

'Weggaan wordt een drama. Dat vindt ze vast verschrikkelijk,' bracht Joop ertegen in.

'Misschien valt dat wel mee. Zo leuk ben je nou ook weer niet,' grinnikte Arie. En daarna serieuzer: 'Wil je nou weg bij haar of niet?'

Joop zuchtte diep. 'Ik weet het niet.'

'Ik kijk altijd goed naar oudere echtparen in een restaurant. Als ze helemaal niks zeggen en op hun telefoon kijken of voor zich uit staren, is het foute boel. Als ze praten en elkaar hun eten laten proeven, dan is het oké.'

'Even iets heel anders,' week Joop uit naar iets luchtigers, 'maar wel over eten: wij gaan voor het kerstdiner naar café Amsterdam. Zouden jullie het leuk vinden om ook mee te eten? Dan is er in ieder geval aanspraak genoeg.'

Dat leek Arie wel wat. Hij ging overleggen met Stella en als die enthousiast was, zouden ze zich opgeven bij het café.

'Dan zijn we met z'n achten, want Suze en Monique komen ook,' meldde Joop.

'Wie zijn Suze en Monique?' vroeg Arie.

'Twee hele leuke dames uit Nederland. Die kan je er goed bij hebben.'

Arie keek Joop even guitig aan. 'Dan hoop ik maar dat er gedanst kan worden.'

* * *

Cobie en Theo hadden Hannie en Joop uitgenodigd om op hun hotelkamer een glaasje cava te komen drinken.

'Hoezo op jullie kamer? Willen jullie niet liever in de bar afspreken?' had Joop gevraagd.

Nee, het moest op hun kamer.

Hannie dacht dat het was omdat het veel goedkoper was om zelf een fles te kopen in de supermarkt en die op de kamer leeg te drinken dan cava aan de bar te bestellen.

Joop betwijfelde dat. 'Cobie en Theo zijn geen krenten. En om nou te zeggen dat het hele gezellige kamers zijn... Er zijn geeneens vier stoelen.'

Hannie haalde haar schouders op.

Ze liepen over de gang van het hotel naar de kamer van hun vrienden.

'Ik hou trouwens niet zo van cava,' zei Hannie zacht toen ze voor de deur van kamer 921 stonden. 'Ik moet ervan boeren en ik krijg er het zuur van.'

'Verder niks?' vroeg Joop.

Hannie keek hem vermoeid aan, zuchtte en klopte op de deur.

Een seconde later werd er opengedaan door een stralende Cobie.

'Welkom in ons kerststalletje!' riep ze uitgelaten.

Hannie en Joop stapten de kamer binnen en keken verbaasd rond: een plastic kerstboom met ballen en lampjes, een mistletoe boven de deur, gouden engeltjes op het randje van de spiegel, slingers van lampjes rond het raam en de kast, een kerststalletje met beeldjes in het stro, plastic hulsttakken en een kerstster voor het raam.

'Tjee. Wat, eh... feestelijk,' bracht Hannie uit.

'Ja, ik dacht, ik maak het eens op zijn Hollands gezellig,' glunderde Cobie.

Theo sloeg zijn arm om haar heen. 'Ja, laat dat maar aan mijn Cobie over. Die maakt een loopgraaf nog gezellig.'

'Hebben jullie de hele plaatselijke Action leeggekocht?' informeerde Joop lachend.

'Zoiets ja. In dat straatje naar het strand zit een soort Chinees winkeltje met van alles en nog wat. Kost geen drol. Twee grote tassen gezelligheid voor nog geen drie tientjes,' meldde Theo trots als een pauw.

'Complimenten, hoor, fantastisch gedaan,' zei Joop.

'Ja... best leuk,' sloot Hannie zich daarbij aan.

'Daar moet op gedronken worden, hi, ha, ho,' zong Theo en even later knalde de kurk van de fles.

'Ik graag een half glaasje,' zei Hannie.

Theo schonk royaal in, Cobie serveerde kerstkransjes.

Ze waren het erover eens dat het wel een beetje gek was: kerst met twintig graden en een stralend zonnetje. Een witte kerst was romantischer, maar ja, hoelang was dat in Nederland alweer niet geleden, een mooi pak sneeuw met Kerstmis? Misschien wel tien jaar. En dan nog: was het misschien een half dagje mooi wit en zat je daarna een week in de bruine smurrie.

Er werd geproost.

'Ik mis op zulke dagen wel extra erg de kinderen en kleinkinderen,' verzuchtte Cobie.

Theo wierp haar een waarschuwende blik toe met een knikje in de richting van Hannie.

Die zag het. 'Nee hoor, geeft niks, Cobie. Het is wat het is, daar moeten we mee leven.' Ze nipte van haar drankje.

'O, nu ik eraan denk,' zei Joop, 'ik wil even wat met jullie overleggen. Ik heb vanmiddag aan Arie gevraagd of ze het leuk zouden vinden om ook naar het kerstdiner in café Amsterdam te gaan. Hij zou het met Stella bespreken.'

'En wat wil je dan met ons overleggen?' vroeg Theo. 'We kunnen nu moeilijk nog zeggen dat ze niet mogen komen.'

Hannie keek triomfantelijk omdat het deze keer Theo was die Joop tegensprak.

'Ja, ik dacht...' schutterde Joop, 'dat, eh... jullie dat wel goed zouden vinden. Hoe meer zielen, hoe meer vreugd, zal ik maar zeggen.'

'Dat vind ik ook, maar graag wel even overleggen voortaan.'

Hannie knikte instemmend.

'Zo'n leuke man, die Arie. Zij ook trouwens,' kirde Cobie.

'Is zij ook een leuke man, schatje?' zei Theo plagerig.

* * *

'Ik weet niet wat ik aan moet met kerst,' zei Cobie.

Aan het tafeltje naast haar werd er gesist.

'*Veintisiete. Twenty-seven.*'

'Zevenentwintig,' fluisterde Joop.

'Ik ook niet,' zei Hannie zachtjes tegen haar vriendin.

'*Dieciséis. Sixteen.*'

'Zestien.'

'Heb ik. Ik moet er nog twee.'

'Sssst.'

Verspreid over de recreatiezaal zaten die middag een stuk of dertig mensen gebogen over hun bingokaarten. Een oudere dame met geblondeerd haar zat op een podiumpje aan een tafel en las de nummers voor van de balletjes die uit een ronddraaiende bol gerold kwamen, eerst in het Spaans en daarna in het Engels met een Spaans accent. Voor de meeste spelers was het een uiterst serieuze zaak en het werd dan ook niet op prijs gesteld als mensen door de aankondiging van de nummers heen gingen praten. Daar kwam nog bij dat een flink aantal deelnemers aan de dove kant was, want er werd regelmatig luid gevraagd het nummer te herhalen.

'Als je doof bent, moet je eigenlijk niet bingoën,' vond Joop.

'Tenzij er een doventolk naast staat,' lachte Theo, 'onze eigen Irma, graag.'

'Ssst.'

'*Ochenta y ocho. Eighty-eight.*'

'Bingo!'

Er ging een teleurgesteld geroezemoes door de zaal.

'Ik hoefde er nog maar twee,' zuchtte Cobie.

'Wat zou je dan uitgezocht hebben?' vroeg Hannie.

Cobie dacht na. 'Misschien die chique waaier. Of die gekleurde schaaltjes. In ieder geval niet die ham.'

'Voor het geld dat wij vanmiddag aan die kaarten uitgeven, hadden we dat allemaal gewoon kunnen kopen,' merkte Joop op.

'Heb je weer wat te zeuren?' Hannie keek haar man aan.

'Dat is toch mijn tekst?' antwoordde Joop spottend.

'Ach, hou toch je...'

'Ik vind het enig!' riep Cobie er enthousiast overheen. 'Ik zou wel elke dag willen bingoën.'

Theo en Joop gingen kaarten kopen voor de volgende ronde.

Cobie sloeg een arm om haar vriendin. 'Laat hem maar, Han. Hij bedoelt het niet zo kwaad.'

'O nee?'

Cobie zweeg even ongemakkelijk en veranderde toen snel van onderwerp. 'Zullen wij morgenochtend na het ontbijt gaan winkelen? Iets leuks kopen om aan te trekken bij het kerstdiner? Ik heb best leuke jurkjes gezien.'

Hannies gezicht klaarde wat op. Ze knikte. 'Goed idee, Cobie.'

'Ook lekker, effe zonder die kerels,' voegde Cobie er samenzweerderig aan toe.

* * *

Hannie en Cobie zaten op een terrasje aan de boulevard. Voor hen op het tafeltje twee kopjes koffie en twee taartjes. Naast hen op twee lege stoelen twee grote plastic tassen met inkopen.

'Ik ben heel tevreden met mijn jurk en die van jou vind ik helemaal prachtig,' zei Cobie.

'Is-ie niet een beetje té?' vroeg Hannie.

'Welnee, meid, dat kan jij hebben, die kleur. En hij maakt je echt slank.'

'Slank. Ja hoor, vast.'

'Nou ja, ik bedoel slanker. Die jurk staat je gewoon goed. Voor onze leeftijd zijn we nog best wel aantrekkelijk,' constateerde Cobie tevreden.

'Voor wie zouden wij nog aantrekkelijk moeten zijn?' vroeg Hannie.

'Nou, voor je man, toch? Maar vooral voor jezelf, je moet een beetje lief zijn voor jezelf.'

'Aantrekkelijk zijn voor je man,' schamperde Hannie, 'die keurt me geen blik waardig. Al trek ik een vuilniszak aan, dan ziet hij het nog niet.'

'Dan doe je het toch voor jezelf. Je bent een mooi mens, Han.'

'Nou, daar denkt Joop heel anders over. Die heeft alleen maar kritiek. Niks deugt. Helemaal niks. Hij is overal liever dan bij mij, dat is wel duidelijk.'

Cobie schrok van de onverwacht felle uitval van haar vriendin.

'Hij vindt zichzelf veel beter dan mij,' ging Hannie verder, 'en ik doe echt wel mijn best, hoor, om een beetje aardig te zijn, maar óf ik krijg commentaar, óf hij behandelt me als lucht. Ik kan soms wel janken.'

'Nou, dat, eh... dat... ik denk niet dat hij het zo bedoelt,' sputterde Cobie. 'Hij is gewoon een beetje een brompot, tegen jou tenminste. Tegen ons valt het wel mee. Toch?'

'Dat is nou precies wat ik bedoel. Tegen anderen een beetje de leuke jongen uithangen en tegen mij is-ie nooit aardig. Nooit. Moet je kijken hoe hij zich uitslooft voor die Monique en vooral voor die Suze. Het is toch gewoon belachelijk.'

'Het zijn toch best aardige dames?' probeerde Cobie er voorzichtig tegen in te brengen.

'Daar gaat het niet om. Het gaat erom dat hij mij alleen maar afsnauwt en tegen anderen poeslief doet.' Er stonden tranen in Hannies ogen. 'En ik weet het heus wel, hoor, ik ben ook niet altijd aardig. Maar dat komt ook omdat we geen kinderen hebben kunnen krijgen. Ik wou zo graag kinderen. Nu zitten we dag in dag uit met z'n tweeën.'

Cobie schoof haar stoel naast die van Hannie en sloeg een arm om haar heen.

'Nou, ik vind jou een hele goeie en lieve vriendin,' was het enige wat ze zo snel kon bedenken.

'Ik wil alleen maar een beetje aandacht. Hij behandelt me al jaren als een stuk meubilair.'

Cobie wist zich niet goed raad met deze plotselinge openhartigheid. De twee vriendinnen hadden het al jaren eigenlijk vooral over koetjes en kalfjes gehad, met als uitzondering de onvervulde kinderwens van Hannie.

'Nou, hij doet toch wel zijn best? Op zijn manier,' probeerde Cobie.

'Ik ben gewoon geworden wat hij vindt dat ik ben. Een zeurpiet. Een zure vrouw.'

'Nee hoor, schat, dat ben je niet. Echt niet.'

'Cobie, kan jij niet eens met Joop praten?'

'Wat moet ik dan zeggen?'

Hannie gaf geen antwoord.

'Zal ik Theo vragen of die eens...?'

'Ik weet het ook allemaal niet meer.'

Cobie sloeg nu beide armen om Hannie heen. 'Huil maar even, lieverd.'

* * *

Het was eerste kerstdag. Tonnie en Donnie hadden erg hun best gedaan om café Amsterdam om te toveren in een sfeervol kerstrestaurant: kaarsen op tafel, mooie papieren kersttafellakens, plastic hulst aan de muur en op de bar zelfgeknutselde kerststukjes. Op alle tafels stond een bordje met GERESERVEERD.

Tonnie ontving Hannie, Cobie, Theo en Joop bij de deur.

'Vrolijk Kerstmis allemaal en heel hartelijk welkom, leuk dat jullie er zijn.'

Ze wees hun een tafel voor acht personen.

'De anderen zullen zo wel komen. En wat zien jullie er prachtig uit, meiden.'

Cobie glom en Hannie keek licht wantrouwend. Ze hadden allebei hun onlangs aangeschafte feestjurk aan. Cobie een rode met een flink decolleté, een brede, witte plastic ceintuur en een enorme broche. Hannie een ruimvallende blauwe met gouden glittertjes en een parelketting. De instappers eronder vielen een beetje uit de toon.

'Sorry voor de schoenen, maar ik kan echt geen hakken meer hebben, ik heb zulke moeilijke voeten,' verontschuldigde Cobie zich tegenover de gastvrouw.

'Anders ik wel, sinds ik aan die teen ben geopereerd,' viel Hannie haar bij.

'Geeft niks, hoor, je voeten zitten toch de hele tijd onder tafel,' zei Donnie van achter de bar. 'Het gaat toch om wat er boven tafel uitsteekt.' Hij gaf Hannie en Cobie een vette knipoog.

Theo schoof een stoel naar achteren voor zijn vrouw, die plaatsnam, en ging daarna naast haar zitten. Joop zag het en aarzelde. Hannie keek hem aan. Beiden bleven een ogenblik onbeweeglijk staan. Toen pakte Joop de stoel tegenover Cobie op de hoek van de tafel, schoof hem zwijgend naar achteren en maakte een kleine buiging naar zijn vrouw. Hannie ging zitten en mompelde een dankjewel. Joop aarzelde opnieuw, maar begreep dat het heel raar zou zijn als hij nu de stoel naast zijn vrouw vrijliet. Met een haast onhoorbaar zuchtje ging hij naast Hannie zitten.

'Willen jullie alvast wat drinken,' vroeg Tonnie, 'of wachten jullie tot de anderen er zijn?'

'Misschien even een pilsie om de tijd te doden?' opperde Theo.

'Wat ben je toch een ouwe zuipschuit,' lachte Cobie, 'en drink nou eens voor één keer geen bier bij je eten.'

'Ik heb een hele lekkere cava,' stelde Tonnie voor, 'dat is Spaanse champagne.'

'Zo, dat begint meteen poep-de-la-sjiek,' jubelde Cobie.

'Daar zit ook prik in, lijkt het toch een beetje op bier,' grinnikte Theo.

Tonnie schonk vier glazen vol.

Theo hief zijn glas. 'Nou, proost alvast. Op een mooie kerst.' Hij nam een grote slok alsof het bier was.

Langzaam druppelden de gasten binnen en namen plaats aan de voor hen gereserveerde tafels.

Joop probeerde vooral niet te vaak naar de deur te kijken en Hannie hield ongemerkt Joop in de gaten.

'Joehoe, hier zitten we!'

Cobie was opgestaan en wenkte Suze en Monique. Er werd gezoend en er werden complimenten uitgewisseld over de jurken die de dames droegen.

'En je jurk staat ook zo mooi bij je gips,' grapte Theo tegen Suze.

'Ja, mooi hè,' beaamde Suze en ze hield haar witte gipsarm tegen haar zwarte jurk. 'Is deze plaats vrij, Joop?'

Joop knikte en schoof haar stoel naar achteren. 'Het is me een genoegen om jouw tafelheer te mogen zijn.'

Suze ging zitten. 'Dat wordt dan wel even werken voor je, Joop,' zei ze, 'want ik heb mijn rechterpols gebroken, zoals je ziet, en ik ben rechts, dus ik moet gevoederd worden.'

'Kan je met links dan geen lepel vasthouden?' vroeg Hannie hard.

'Het was maar een grapje, hoor, Han. Als Joop alles voor me

wil snijden en prakken, lepel ik het zelf wel naar binnen. Wat heb je trouwens een beeldige ketting om.'

Hannie keek naar haar ketting en liet de parels even door haar vingers glijden. 'Die heb ik voor ons trouwen van Joop gekregen.'

'Je boft toch maar met zo'n man,' zei Suze met een minzaam glimlachje.

'Nou, dat was...' Hannie maakte haar zin niet af.

'Willen jullie een glaasje Spaanse champagne?' vroeg Theo snel.

'En daar heb je Arie en Stella ook. Gezellig, we zijn compleet,' zei Cobie.

Arie manoeuvreerde zijn rolstoel met veel misbaar langs de tafeltjes. 'Opzij voor Max Verstappen.'

Stella gaf hem een plagend klapje voor zijn kop. 'Sloof je niet zo uit, Arie.'

Toen de laatkomers bij de tafel waren aangekomen, werd er opnieuw gekust en omhelsd. Tonnie haalde snel een stoel weg om plaats te maken voor Aries rolstoel.

Even later werden de glazen opnieuw geheven.

'Zalig kerstfeest!' riep Theo hard.

'Sinds wanneer zeg jij "Zalig kerstfeest"?' vroeg zijn vrouw.

'Zalig vind ik beter bij een etentje passen. En doe ook maar meteen gelukkig nieuwjaar. Hebben we dat ook gehad. Proost!'

In twee slokken had hij zijn glas leeg. Theo had het duidelijk naar zijn zin.

De voorgerechten werden opgediend.

'Van elk twee of drie, dat is toevallig,' zei Cobie.

'Net zo toevallig als elke andere combinatie, Cobie,' merkte Joop op.

Cobie was toch van mening dat twee-drie-drie toevalliger was dan bijvoorbeeld vijf-twee-een. Joop aarzelde even of hij Cobie zou gaan inwijden in de geheimen van de kansberekening, maar besloot daarvan af te zien.

'In ieder geval ziet het er mooi uit zo,' concludeerde hij.

'Eet smakelijk allemaal!' riep Monique.

Suze vroeg of Joop haar meloen en ham in kleine stukjes wilde snijden. Joop deed dat gewillig maar onhandig. Twee keer ontsnapte er een stukje meloen, een op de grond en een in Joops schoot. Het stukje meloen op Joops schoot pakte Suze voorzichtig met duim en wijsvinger van haar goede hand en stak het in haar mond.

'De vrouwen eten nog uit je schoot, Joop Casanova,' spotte Arie.

Er werd gelachen.

'Je had beter garnalencocktail kunnen nemen met die gipsen arm,' snoof Hannie.

Even keek Suze verbaasd. Toen zei ze vriendelijk: 'Je hebt gelijk, Han, maar toen we moesten kiezen wist ik nog niet dat ik mijn pols zou gaan breken.'

'Ik help je graag, hoor,' zei Joop.

'Wie wil er nog wijn?' vroeg Stella en ze stond op om de glazen bij te vullen.

Theo vond dat hij nu wel genoeg vreemde drankjes had gedronken en ging bij Donnie aan de bar een tapbiertje halen.

'Voor bij de zalm straks,' verontschuldigde hij zich toen hij weer ging zitten. 'Vis moet zwemmen.'

'Varkenshaas moet ook zwemmen, Theo, kan je voor mij ook een biertje halen?' vroeg Arie aan zijn buurman.

Dat kon.

Monique en Suze lieten elkaar proeven en ook Arie en Stella staken een vorkje over. Hannie en Joop hadden allebei soep, dat maakte het makkelijk.

'Hij had misschien iets pittiger gekund,' was Joop van mening.

Hannie vond de soep precies goed zo.

Tonnie en Donnie liepen zich de benen uit het lijf. Veertig gasten was misschien toch iets te hoog gegrepen. Het voorafje was al een half uur geleden afgeruimd en het wachten was op de hoofdgerechten.

'Het duurt wel een beetje lang,' vond Theo, 'nu moet ik om de tijd te doden steeds biertjes drinken.'

'Ja, dat zal jij erg vinden, Theo van Schaik,' zei Cobie spottend.

'Ik dood met je mee,' zei Arie, 'haal voor mij ook nog maar een biertje, Thé.'

'Ze eten je arm, maar ze drinken je rijk,' merkte Hannie op met een zuinig mondje, 'dat zeggen ze toch in de horeca? Nou, voor jullie klopt dat als een bus.'

'Ik wil best wat meer betalen, hoor, Han,' zei Theo.

'Daar zeg ik het heus niet om,' verdedigde Hannie zich.

'Wil jij zelf nog wijn?' vroeg Monique haar.

'Ik hou het even bij water. Ik neem straks bij het hoofdgerecht nog een wijntje.'

Monique schonk Hannie water in en vulde daarna de wijnglazen van Suze, Stella, Joop en haarzelf voor de helft. De fles was nu leeg en ze wenkte Tonnie. Die kwam met een verhit gezicht aangelopen.

'Sorry dat het zo lang duurt allemaal, maar die Spaanse kok weet niet hoe hij een fatsoenlijk varkenshaasje moet braden. Ik moet er de hele tijd bij blijven.'

'Geeft niks hoor, schat,' zei Monique, 'maar mogen wij intussen nog een flesje wit?'

'Natuurlijk. Dat flesje is van het huis. Voor het wachten.'

Twintig minuten en nog een fles wijn later werden alle bijgerechten opgediend: patat, spruitjes, sperziebonen, salade en appelmoes. Weer vijf minuten later volgden de eerste hoofdgerechten: viermaal varkenshaasje roomsaus en tweemaal kalkoen.

'De zalm komt er zo aan,' beloofde Tonnie.

Stella en Hannie hadden zalm en moesten dus nog even wachten.

'Laat het niet koud worden, hè, begin maar,' zei Stella, 'ik neem wel vast wat patat met appelmoes.'

Monique schonk de glazen nog eens vol.

Alleen Hannie hield haar hand boven haar glas. 'Ik wacht tot ik ook mijn eten heb.'

'Wil je me even helpen met mijn vlees, Joop?' vroeg Suze.

'Natuurlijk.'

Joop was inmiddels enigszins onvast ter hand en begon extra voorzichtig de varkenshaas van Suze in hapklare stukjes te snijden.

Hannie keek achterom naar de keuken en mopperde dat het nu wel erg lang duurde met haar hoofdgerecht.

'Wil je vast een stukje van mij proeven?' vroeg Cobie haar.

'Ik neem wel een stukje van Joop,' antwoordde Hannie en ze zette haar bord demonstratief naast dat van Joop.

Die keek opzij. 'Natuurlijk, schat, ik snij zo een stukje voor je af, als ik hiermee klaar ben.' Hij draaide zich weer naar Suze.

Daar had Hannie geen geduld meer voor. Ze pakte haar mes, sneed een flink stuk van het vlees van Joop, schepte daar een paar lepels van zijn roomsaus over en schoof haar bord terug. Daarna kiepte ze een half bakje patat op haar bord, en bediende zichzelf royaal van de mayonaise. Verwoed begon ze te eten.

Joop wierp even een blik op zijn vrouw, maar zei niets.

'Dank je, Joop, zo is het wel klein genoeg, ik ben geen muis,' zei Suze. Ze sprak een beetje met een dubbele tong.

Joop dacht even het been van Suze tegen het zijne te voelen.

Tonnie bracht de twee ontbrekende hoofdgerechten. Eén bord met zalm zette ze neer voor Stella en daarna keek ze verbaasd rond.

'Voor wie is deze zalm dan?'

Iedereen keek naar Hannie. Die kreeg een rood hoofd.

'Voor mij. Ik heb vast een klein stukje varkenshaas gekregen. Zet er maar naast.'

'Hannie is echt een gezellige eter,' probeerde Cobie haar vriendin te excuseren, maar het leverde haar alleen maar een boze blik op.

'Hannie heeft een angstige relatie met eten, tenminste dat zegt de huisdokter. Maar daar merk je meestal niks van,' schamperde Joop.

Theo en Monique grinnikten schaapachtig. De anderen zwegen.

Hannies handen lagen even bewegingloos naast haar bord, een mes in de ene, een vork in de andere hand, haar hoofd hing stil boven haar zalm. Toen klonk er een langgerekte snik. Ze draaide zich weg van de tafel, stond bruusk op en liep weg richting de wc.

'Moest je dat nou zo nodig zeggen, Joop?' Cobie keek vol ongeloof naar Joop.

'Het was maar een grapje,' zei Joop geschrokken.

'Geen leuk grapje.' Cobie stond op en snelde haar vriendin achterna.

Aan de tafel viel een ongemakkelijke stilte.

'Nou, eh... eet smakelijk toch maar,' zei Arie uiteindelijk, 'niemand is geholpen met koud eten.'

Toen Cobie het halletje van de dames-wc binnenkwam, was er niemand.

Ze klopte voorzichtig op de deur. 'Hannie, ben je hier?'

'Laat me maar even,' klonk het gesmoord.

'Het was als grapje bedoeld.'

Er kwam geen antwoord.

'Je moet het je niet aantrekken, schat. Joop is een beetje teut, hij zegt maar wat.'

Het bleef stil.

'Ik heb trouwens ook een glaasje te veel gehad, geloof ik,' voegde Cobie eraan toe. 'Iedereen eigenlijk. Jij bent de enige verstandige.'

Er was intussen een oudere dame de ruimte binnengekomen. Ze keek met verbazing naar Cobie, die tegen de deur van de wc stond te praten.

'Ik wou dat ik ook teut was,' klonk het van achter die deur, 'dan voelde ik me misschien niet zo waardeloos.'

'Kom er nou uit, liefie, dan gaan we samen terug. Proberen we het toch nog een beetje gezellig te maken.'

Stilte.

'Sorry, hoor,' mengde de dame zich erin, 'maar ik moet ontzettend nodig naar de wc.'

Cobie schrok van de onverwachte stem achter haar.

'Han, er is hier een mevrouw die nodig moet. Wil je er alsjeblieft vanaf komen?' smeekte ze.

Er klonk een klik. De deur werd van het slot gedaan. Hannie stapte met betraande ogen de wc uit, de dame glipte achter haar langs naar binnen.

Cobie sloeg een arm om haar heen. 'Kom, schat, gaan we je eerst een beetje fatsoeneren en daarna gaan we terug om lekker te eten.'

Hannie en Cobie liepen arm in arm terug naar de kersttafel, waar in stilte werd gegeten. Hannie ging zitten.

'Sorry,' mompelde Joop nauwelijks hoorbaar, 'het was niet zo bedoeld.'

Hij legde voorzichtig zijn hand op de hare, maar zij trok hem met een rukje terug.

'Moet ik vragen of Tonnie je vis weer even opwarmt?' vroeg Suze.

Hannie schudde van nee.

Ze nam een paar hapjes van de koud geworden zalm en doopte een paar slappe frietjes in de mayonaise.

Theo kuchte. 'Wie wil er nog boontjes? Ook aan de vitamines denken, hè.'

Er werd een beetje geforceerd gelachen.

'Nou, dat treft niet,' zei Arie, 'ik heb hele erge groente-intolerantie.'

'Huh? Bestaat dat?' vroeg Monique onnozel.

'Zeker,' beweerde Arie, 'het is een erfelijke aandoening. Mijn vader had het ook.'

Monique fronste haar wenkbrauwen.

Stella gaf haar man een quasibestraffend klapje op zijn achterhoofd.

'Nee hoor, hij lult maar wat. Nooit geloven wat hij zegt. Vooral niet als hij te veel heeft gedronken. Dat drinken van hem... dát is een erfelijke aandoening.'

'Ja, dat heeft Theo ook,' viel Cobie Stella bij.

'En deze avond is het ook nog besmettelijk,' kwam het onverwachts uit de hoek van Hannie. Ze keek met een voorzichtig lachje de kring rond.

Van algehele opluchting lachten de anderen iets te hard mee.

* * *

De volgende dag bij het ontbijt werd er nauwelijks gesproken.

Daar kon Cobie slecht tegen. Stilte was ongemak.

'Mag ik even het zout?' vroeg ze. Ze kon zo gauw niets anders bedenken om het zwijgen te doorbreken.

Hannie gaf haar het zout aan.

'Doe je zout op je hagelslag dan?' vroeg Theo verbaasd.

Cobie keek naar het zoutvaatje in haar hand en daarna naar haar beschuitje met hagelslag.

'O, wat dom,' zuchtte ze, 'ik heb geloof ik een kater. De eerste kater in... weet ik veel... twintig jaar.'

'Ik ben ook niet helemaal okselfris,' viel Theo haar bij.

Cobie keek de tafel rond. 'Het was toch nog best gezellig geworden, hè, gisteravond? En ik heb heerlijk gegeten,' ging ze verder. 'Vooral het toetje was lekker. Toen was het een gelukkie dat het allemaal zo lang duurde, want daardoor kon ik mijn dame blanche tenminste weer op. Ik heb geloof ik nog nooit zo'n groot ijsje gehad. Jij, Han?'

Hannie schudde haar hoofd. 'Nee, ik ook niet. Mijn ijs was al gesmolten toen ik pas halverwege was.'

'Dat vind ik juist zo lekker, half gesmolten ijs, als kind liet ik het expres smelten.'

Cobie kakelde nog een tijdje verder.

Theo zat te dommelen boven zijn ontbijtbordje.

Joop staarde voor zich uit.

Hannie stond op. 'Ik ga mijn boek uitlezen.'

'Doe dat, schat,' zei Cobie, 'neem maar lekker een dagje voor jezelf. Wat denk je, zullen we vanmiddag samen naar het strand gaan?'

Hannie aarzelde. 'Ik moet ook een beetje om Basje denken. Die zit toch al zo vaak alleen.'

Cobie knikte begripvol. 'Weet je wat, Han, we zien wel. Ik kom in ieder geval even aanwaaien.'

Hannie stond op van tafel en vertrok zonder iets te zeggen naar hun kamer.

Joop had tot dat moment de ontbijtzaal in gestaard, maar draaide nu zijn hoofd en keek zijn vrouw na.

Cobie keek naar Joop en frummelde wat met haar servet.

'Weet je,' begon ze aarzelend, 'ik... we... zouden eigenlijk een beetje aardiger voor elkaar moeten zijn.'

'Bedoel je mij en Hannie?' vroeg Joop toonloos.

'Nou... niet speciaal. Nou ja... het is wel zo dat jullie soms niet erg aardig doen. Best wel vaak eigenlijk. Dat kost toch niks, gewoon aardig doen?'

'Dat zou zo moeten zijn,' zei Joop mat.

'Het kost mij geen enkele moeite om aardig tegen Theo te doen. En hij tegen mij. Het gaat vanzelf.'

'Bij ons gaat het vanzelf ónaardig. Misschien zíjn we niet eens onaardig, maar dóén we wel onaardig. Ik probeer soms best wel aardig te zijn tegen Hannie, maar dat lukt gewoon lang niet altijd.'

Joop keek naar Theo, die met open mond zachtjes zat te snurken, met zijn hoofd naast zijn bord.

'Maar tegen anderen ben je wel aardig,' merkte Cobie op. 'Hoe kan dat dan?'

Joop haalde zijn schouders op. 'Ik weet het niet.'

'Je weet het niet?'

'Nee.'

Cobie aarzelde. 'Houden jullie nog wel van elkaar?'

Joop haalde opnieuw zijn schouders op. 'Dat weet ik ook niet.'

Cobie staarde Joop een tijdlang niet-begrijpend aan. Toen stond ze op.

'Ik ga even een stukje wandelen.'

Joop keek haar na, draaide zich toen naar Theo en gaf hem een flinke klap op zijn schouder. 'Hé, zatlap, wakker worden, het is half tien en je ligt te kwijlen op het tafellaken.'

Theo keek lodderig om zich heen. 'Heb ik al ontbeten?'

'Ja, je hebt al ontbeten en nu gaan we effe naar buiten, ergens op een terras sterke zwarte koffie drinken.'

'Heb je aspirientjes?'

Een kwartier later keken ze uit over de Middellandse Zee. Vóór hen op tafel koffie en water.

'Ik heb een smaak in mijn bek alsof ik een dooie muis heb opgegeten,' zuchtte Theo.

'Je hebt hem ook goed geraakt, vriend. Op het einde heb je nog een halve fles Cuarenta Y Tres opgedronken.'

'Cuarenta Y Tres?'

'Ja, dat was het likeurtje bij de koffie.'

'Daar weet ik niks meer van. Vanaf dat Hannie terugkwam van de wc weet ik niks meer.'

Ze namen een slok koffie en een slok water.

'Je moet trouwens een beetje oppassen met die Suze,' zei Theo, 'die heeft volgens mij een oogje op jou.'

'Daar heb ik niks van gemerkt.'

'Hannie anders wel. Die zat je de hele tijd in de gaten te houden.'

'Daar heb ik ook niks van gemerkt.'

'Ik wel. Geen gesodemieter, hè, ik heb het al zo moeilijk met de scheiding van Nick en Simon, daar kan ik niet ook nog eens de scheiding van mijn beste vriend bij hebben.'

'Nou, je begint alweer aardig praatjes te krijgen,' ontweek Joop het onderwerp, 'de aspirientjes doen hun werk.'

'Vrouwen zijn nou eenmaal jaloerser dan mannen. Daarom was ze zo van streek, omdat je zo zat te tuttelen met Suze.'

'Ik heb alleen maar haar eten gesneden,' verdedigde Joop zich.

'Kijk naar mij, Joop, gewoon tevreden met mijn Cootje. Geen gedoe.'

'Cobie is Hannie niet.'

De twee mannen zwegen even.

Theo nam nog een slok water en trok een vies gezicht. 'Hoe laat is het? Zou ik al een anti-katerbiertje kunnen nemen?'

* * *

Arie en Stella hadden de twee andere echtparen al een paar keer uitgenodigd om ook eens bij hen in het hotel mee te doen aan een van de vele activiteiten, maar het was er tot dusver niet van gekomen.

Die middag belde Arie Theo weer, deze keer om iedereen uit te nodigen voor de grote eindejaarskaraokeavond.

'Vanavond om half negen. Wij trakteren op bier en wijn. Goed tegen de kater. En je hoeft natuurlijk niet mee te doen. Alleen kijken is ook leuk. Al verwacht ik van jou wel iets moois, Theo.'

Theo was meteen enthousiast en ook Cobie kon nauwelijks wachten om te gaan toen haar man het voorstelde, maar samen moesten ze flink hun best doen om Hannie en Joop over te halen.

'Ik ga niet zingen, voor geen goud,' deelde Hannie meteen vastbesloten mee.

‘En als ik ga zingen stroomt meteen de hele zaal leeg,’ bekende Joop.

Cobie drong aan. ‘Hè, toe nou, Han, het wordt vast heel leuk. Ik durf het niet, maar anders zou ik iets zingen van Rob de Nijs. Omdat die parkinson heeft.’

‘Wat heeft dat er nou mee te maken, Cootje?’ vroeg Theo.

‘Eh… niks eigenlijk, maar ik vond het laatst zo zielig op tv. Dat-ie moest zitten zingen.’

‘Wie komen er allemaal?’ informeerde Hannie.

‘Nou, wij met z’n zessen, verder weet ik het niet,’ antwoordde Theo.

‘Geen andere bekenden?’

‘Voor zover ik weet niet.’

Joop keek voor zich uit. Hij begreep wat zijn vrouw bedoelde, maar hield zijn mond.

‘Ja,’ zei Hannie verontschuldigend, ‘want ik wil niet elke keer met zo’n grote groep op stap.’

‘Dus we gaan?’ vroeg Theo. ‘Dan bel ik Arie zo terug dat we komen. Wat vinden jullie trouwens leuker: “My Way” of “New York, New York”? Ik kan ze allebei.’

‘Hij kan zo mooi zingen, mijn schat.’ Cobie keek vertederd naar Theo. ‘Nou ja, mooi is misschien het woord niet. Meer, eh… hard. Maar toch ook gevoelig.’

‘Goh, Thé, ik ken je nou zo lang en ik geloof niet dat ik jou ooit heb horen zingen,’ zei Joop.

‘Ik heb jou anders vroeger wel eens horen zingen,’ antwoordde Theo. ‘Bij het vissen. Dan vingen we de rest van de dag niks meer.’ Hij moest zelf het hardst lachen om zijn grap.

Om kwart over acht stapten de vier de feestzaal van hotel Estrella binnen. Het was al aardig druk, de meeste tafeltjes waren bezet.

Aan de andere kant van de zaal stond Stella naar ze te zwaaien en even later schoven ze aan.

De drankjes werden besteld en gebracht. In de zaal klonk druk geroezemoes.

'Wat ga jij zingen, Arie? Iets van Manke Nelis?' Theo schaterde het uit.

'Nee, nog beter,' grijnsde Arie terug, 'iets van Koos Alberts, natuurlijk.'

'Hoezo natuurlijk?' vroeg Cobie.

'Omdat die ook in een rolstoel zit,' zei Theo lachend. 'Of liever gezegd zat, want nu ligt-ie. In een kist.'

'Daar moet je niet mee spotten, Theo,' zei zijn vrouw bestraffend.

'Ik spot er niet mee. Hij gaat gewoon iets van Koos Alberts zingen. En als iemand zich goed kan inleven in Koos, dan is het Arie wel.'

'En trouwens...' deed Arie een duit in het zakje, 'als iemand mag spotten met zingende rolstoelers dan ben ik het.' Hij keek met een brede lach in het rond.

Hannie hield vanuit haar ooghoeken de ingang van de zaal in de gaten.

'Als die twee weer komen, dan ben ik weg,' siste ze Joop in zijn oor.

Joop keek haar even aan. 'Ik heb niemand uitgenodigd,' fluisterde hij terug.

'Nee, dat moest er nog bij komen.'

'*Ladies and gentlemen, señores y señoritas, dames en hieren, welcome y bienvenue*,' opende de spreekstalmeester de avond.

'Hij spreekt ook een beetje Nederlands, maar wel met een heel raar accent,' giechelde Cobie.

De presentator legde uit dat ze over een kwartier wilden beginnen en dat tot die tijd alle mensen die iets wilden zingen zich konden opgeven bij een mevrouw aan een tafeltje. Die regelde dan de muziek.

Arie en Theo gingen zich melden.

Hannie bleef regelmatig een blik op de deur van de zaal werpen. Geen Suze en Monique.

Ze stootte Stella voorzichtig aan. 'Hebben jullie iets van Suze en Monique gehoord?' vroeg ze langs haar neus weg.

'Nee, hoezo?' antwoordde Stella.

'Niks, ik vroeg me af of die nog kwamen.'

'Wij hebben ze niet uitgenodigd. Niet aan gedacht, eigenlijk. Zal ik ze nog snel even bellen dan?'

Hannie schrok. 'Nee, nu is het te laat, denk ik.'

'Ik probeer het gewoon effe,' zei Stella en ze pakte haar telefoon.

Zenuwachtig legde Hannie haastig haar hand op de telefoon. 'Nee, nee. Laat maar. Het is prima zo. Beter zelfs.'

Het zweet brak haar uit en ze vervloekte zichzelf dat ze over de twee dames was begonnen.

Stella keek Hannie even doordringend aan, aarzelde en stopte toen de telefoon terug in haar tasje. Hannie knikte haar toe en schonk haar een verwrongen lachje.

De karaokeavond werd een uitputtingsslag. De presentator had bij de eerste kandidaat juichend meegedeeld dat ze nog nooit zo veel deelnemers hadden gehad, namelijk zesentwintig. Joop rekende snel uit dat als elke deelnemer ongeveer vijf minuten nodig zou hebben, inclusief aan- en afkondiging, de hele voorstelling twee uur en tien minuten zou duren. Hij realiseerde zich dat die schatting nog aan de voorzichtige kant was.

En hij kreeg gelijk: bijna alle deelnemers hadden meer tijd

nodig. De een moest drie keer opnieuw beginnen, de volgende wilde omstandig zijn of haar keuze toelichten en weer een ander had een Spaans lied met twintig coupletten uitgekozen.

Toen de presentator om tien uur de pauze aankondigde, waren er pas twaalf deelnemers de revue gepasseerd.

'Wat zal ik zeggen?' zei Stella. 'Er is meer enthousiasme dan zangkwaliteit. Ik denk dat ze het beste voor het laatst hebben bewaard. Dat zijn jullie, Arie en Theo. Alleen hoop ik wel dat dan niet iedereen naar huis is, of in slaap gevallen.'

Dat bleek mee te vallen. Slechts hier en daar vertrokken wat mensen.

Eindelijk, om bijna half twaalf, was het zover. De presentator, onvermoeibaar enthousiast, nam het woord.

'*Ladies and gentlemen, dames en hieren, all the way from the Netherlands, applause for Arie.*'

Stella, Hannie en Cobie klapten en juichten, Theo floot op zijn vingers en Joop klopte Arie bemoedigend op de schouder. 'Zet 'm op.'

Arie rolde in zijn stoel naar voren en boog voor zijn publiek. Daarna maakte hij er een showtje van dat hij niet bij de microfoon kon tot iemand hem te hulp schoot.

'*Bonneserra everybody, I am Arie from Rotterdam and I am going to sing a song special for my wife Stella. She is over there. She is a top wife.*'

Arie wees naar Stella, die even half opstond en een klein buiginkje maakte.

'*I am going to sing a song from Koos Alberts. He was also in a wheelchair.*' Arie grijnsde er breed bij. '*De song is called*: "Zijn het je ogen".'

De muziek werd ingestart en Arie schraapte zijn keel.

Ja, de wereld kreeg een kleur d'r bij
Toen jij me zei: Ik zie je zitten
En de zon die scheen een beetje meer
Die eerste keer met jou
Alle vogels floten steeds die melodie
En ik zing hem elke keer als ik je zie

Arie had het plat Amsterdams van Koos Alberts vervangen door een vet Rotterdams accent en bleek een prachtige snik in zijn stem te kunnen leggen.

Stella moest haar zakdoek erbij pakken.

Cobie en Theo juichten en klapten.

Hannie keek ontroerd naar het podium. Joop keek even opzij naar haar.

Zijn het je ogen, is het je stem
Zijn het de woorden die je zegt als ik weer bij je ben
Zijn het je ogen, is het je lach
Zijn het die dingen waarom ik jou niet kan missen,
voor geen dag

Het publiek in de zaal was enthousiast mee gaan klappen. Een paar Nederlanders zongen uit volle borst het refrein mee.

Arie zat te stralen in zijn rolstoel en bij Stella rolde nog een traan over haar wang.

Toen het laatste refrein had geklonken, volgde er een daverend applaus. Arie maakte een buiging in zijn stoel en rolde terug naar zijn gezelschap. Daar nam hij glimmend van trots de schouderklopjes van zijn nieuwe vrienden en de klapzoenen van zijn vrouw in ontvangst.

'*Also from the Netherlands, and the last singer of the evening, the one and only Theo Sinatra.*'

Theo trok zijn jasje recht en schreed naar voren.

'*Sorry, no English*, maar ik ga dit liedje, net als Arie, speciaal zingen voor mijn vrouw Cobie.'

Hij zwaaide naar Cobie in de zaal.

De muziek begon.

And now, the end is near
And so I face the final curtain
My friend, I'll say it clear
I'll state my case, of which I'm certain

Zijn Engelse accent was vertederend slecht, maar zijn stem verrassend goed. En naarmate het lied vorderde, klonk Theo steeds krachtiger en overtuigender.

For what is a man, what has he got
If not himself, then he has naught
To say the things he truly feels
And not the words of one who kneels
The record shows I took the blows
And did it my way

Al bij het laatste '*did it my way*' klonk er een daverend applaus.

Joop en Stella waren gaan staan en juichten. Arie brulde: '*We want more!*'

Cobie had haar handen voor haar mond geslagen en wiegde langzaam op haar stoel heen en weer.

Hannie slikte, slikte nog eens en liet toen haar tranen de vrije loop. Toen Joop het zag, ging hij naast haar zitten en sloeg onhandig een arm om haar heen.

* * *

De volgende dag werden de optredens uitgebreid besproken bij de koffie met appeltaart in café Amsterdam.

'Echt, Theo, ik wist niet dat jij zo goed kon zingen,' zei Hannie.

'Het best bewaarde geheim, ondanks tientallen jaren samen vissen,' voegde Joop eraan toe en hij sloeg zijn vriend hard op zijn schouder. 'Ik ben best wel een beetje jaloers. Ik wou dat ik zo'n stem had.'

'Ik ook,' zei Hannie.

Joop keek haar aan.

'Ik bedoel,' legde Hannie uit, 'dat ik wou dat jij ook zo'n stem had.' Ze pauzeerde even. 'En dat je dan speciaal voor mij een lied zou zingen. Net als Arie en Theo.'

'O,' was alles wat Joop uit kon brengen.

'Wat zou je dan voor Han zingen?' informeerde Cobie nieuwsgierig.

Daar moest Joop lang over nadenken.

'Als je zo lang moet denken, laat dan maar zitten, dan hoeft het niet meer.'

'Ja hoor, geef me even de tijd. Doe eens een keer aardig,' snauwde Joop.

'Jij doet zelf niet aardig. Als je geeneens een liedje kan bedenken.'

'Wat zou jij zelf voor Joop zingen?' probeerde Theo de stemming erin te houden.

'Ik kan niet zingen.'

'Nee, maar áls je kon zingen?' drong Theo aan.

'Weet ik veel,' piepte Hannie.

'Zie je nou? Je weet zelf ook niks en ik krijg de wind van voren.' Joop snoof verontwaardigd.

'Iets van de Bee Gees,' zei Hannie snel.

'Weet je dat die op één na allemaal dood zijn?' zei Cobie. 'Dat is toch wat, hè? Alleen Barry leeft nog. Dat was die knapperd.'

'Wie wil er nog een tweede bakkie?' Theo stond al op om nog vier koffie te halen.

De sfeer was juist weer een beetje opgeklaard toen de deur van het café openging en Suze en Monique binnenkwamen.

'Hoi allemaal. We dachten al dat er een flinke kans was dat we jullie hier zouden aantreffen,' zei Suze opgewekt.

Ze schoven aan en Monique stak meteen van wal. 'Er is morgen een mosselavond in restaurant Rembrandt. Hartstikke leuk en lekker. Hebben jullie ook zin om te komen?'

'Lekker, mosselen,' reageerde Cobie, 'leuk idee, zeg.' Theo was het, zoals altijd, roerend met zijn vrouw eens.

Monique richtte zich tot Joop en Hannie. 'En jullie?'

Hannie keek strak. 'Ik lust geen mosselen. Sinds ik er een keer doodziek van ben geworden, word ik al misselijk als ik ernaar kijk.'

'O, wat vervelend.' Suze klonk oprecht meelevend.

Hannie keek weg.

'Wil je het niet nog eens proberen?' vroeg Monique.

'Ik zeg toch dat ik er misselijk van word.'

'Maar ze hebben er vast ook nog wel wat anders,' probeerde Monique.

'Gaan jullie maar gezellig mosselen eten,' zei Hannie met een moeizame glimlach, 'Joop en ik haken een volgende keer wel weer in.' Ze draaide zich naar haar man.

Joops ogen vernauwden zich even.

'Dus de volgende keer gaan we weer mee?' vroeg hij zijn vrouw toen.

Hannie knikte met zichtbare tegenzin.

'Goed dan. Gaan jullie morgenavond maar gezellig met z'n zessen mosselen eten. Arie en Stella willen vast ook wel mee. Hannie en ik eten samen in het hotel. Ook lekker. En de volgende keer zijn we weer van de partij.'

Die laatste woorden sprak Joop nadrukkelijk uit.

* * *

De volgende avond zaten Joop en Hannie zwijgend tegenover elkaar aan tafel in de eetzaal van het hotel. Joop had een schnitzel met patat en sla voor zich en Hannie een flink bord paella.

'De mensen voor mij bij het buffet visten alle grote garnalen eruit. Dat doe je toch niet,' vond ze.

Joop bromde iets.

'Wat zeg je?' vroeg Hannie.

'Dat doen Nederlanders altijd, vissen in eten.'

Er werd zwijgend gegeten.

'Wat vind jij van die Suze en die Monique?' vroeg Hannie na een tijdje uit het niets.

'Wat ik van ze vind?'

'Ja.'

'Gewoon... aardige vrouwen.'

'Volgens mij vind jij die Suze wel een beetje meer dan gewoon aardig.'

'Hoe kom je daar nou bij?'

'Dat zie ik. Ik heb toch geen stront in mijn ogen.'

'Nou, dan zou ik toch maar eens bij de opticien langsgaan voor een nieuwe bril, want er is niks aan de hand.'

Het was even stil.

'Suze zit gewoon met je te flirten. Met die gipsen arm van haar. Ach, lieve Joop, kan jij even mijn vlees snijden. Kan jij even helpen met mijn jas. Kan jij even dit. Kan jij even dat.'

'Ik doe gewoon wat iedereen zou doen.'

'Tegen mij doe je nooit eens aardig of galant.'

'Omdat jij zelf altijd onaardig doet en chagrijnig. Niks deugt, altijd wat te mopperen.'

'Jij negeert me het liefst. Hoe kan ik dan aardig zijn?'

Joop stond op. 'Ik ga mayonaise halen.'

'Zie je, dat bedoel ik nou. Loop maar weer weg. Altijd loop je weg.'

Joop deed alsof hij het niet hoorde.

Even later kwam hij terug met de mayonaise en aten ze zwijgend verder.

Joop concentreerde zich op zijn schnitzel.

Hannie nam grote happen van haar paella.

'Au!' riep ze opeens uit en ze vertrok haar mond en spuugde voorzichtig haar hap paella uit. 'Mijn kroon is geloof ik afgebroken. Er zat iets hards in mijn eten.'

Ze roerde er met haar vork in en viste er iets uit.

'Wat is dat nou?' Joop boog zich voorover. 'Dat lijkt op het dopje van een ketchupfles,' zei hij verbaasd.

Hannie voelde met haar vinger aan haar kies en constateerde dat het meeviel. Daarna wenkte ze driftig een medewerker van het hotel, liet het dopje zien en wees in haar paella en daarna op haar kies.

De ober mompelde '*Sorry, very sorry*', nam haar bord mee en kwam even later terug met een nieuw bord paella.

‘*Is that everything?*’ vroeg Hannie.

‘*Very sorry*,’ zei de man nogmaals en hij maakte zich snel uit de voeten.

‘Nou, dat is toch het toppunt,’ zei Hannie kwaad. ‘Zeg jij dan wat!’

‘Wat valt er te zeggen dan?’

‘Wat valt er te zeggen dan?’ herhaalde Hannie woedend. ‘Kom gewoon eens een keer voor me op!’

Ze schoof haar bord woest van zich af, tegen dat van Joop, stond op en beende weg.

Joop keek haar na, schoof het bord van Hannie terug, herschikte zijn eigen eten en sneed nog een stukje van zijn schnitzel af.

* * *

De volgende ochtend liepen Joop en Hannie in de ontbijtzaal naar hun vaste tafeltje. Daar zat alleen Theo.

‘Is Cobie er niet?’ informeerde Joop.

‘Nee, Co ligt nog boven in bed. Of ze zit op de wc. Ze is ziek.’

‘Zie je, ik zei het toch,’ zei Hannie bijna voldaan, ‘heeft ze vast een bedorven mossel gegeten. Je moet hier geen mosselen eten. Die Spanjaarden zijn niet hygiënisch. Ik had gisteren een dopje van een ketchupfles in mijn eten.’

‘Het is heus niet gezegd dat het per se van die mosselen komt,’ verweerde Theo zich.

‘Waar kan het anders van zijn?’ Hannie hief haar handen in de lucht.

‘Is ze erg ziek?’ vroeg Joop.

‘Nou, ze is flink aan de dunne. Het leek wel of er een pak hopjesvla in de wc ontploft was,’ legde Theo beeldend uit.

‘Trekt ze niet door dan?’ vroeg Joop.

‘Ze was nog te zwak om door te trekken. Alles zat onder de poep.’

Hannie hield het niet meer. ‘Gatverdamme, Theo, jij altijd met je smerige praatjes! Bedankt, hè! Ik kan meteen geen hap meer door mijn keel krijgen.’ Abrupt stond ze op en verliet woedend de eetzaal, verbaasd nagestaard door Theo.

‘Dat is de tweede keer binnen vierentwintig uur dat ze boos wegloopt,’ mompelde Joop.

Theo keek vragend en Joop deed verslag van het eten de vorige avond.

‘Dus het was niet echt gezellig,’ besloot hij.

‘Wij hadden wel een heel leuke avond met z’n zessen. Alleen jammer dat Cobie ziek is geworden. Terwijl het echt lekkere mosselen waren. Erg gelachen ook. Volgende keer moet je weer mee, Joop.’

‘Graag, aan mij ligt het niet.’

‘Misschien moet je gewoon een beetje aardiger zijn tegen Hannie,’ opperde Theo.

‘Dat zegt iedereen de hele tijd en ik doe echt mijn best,’ zei Joop. ‘Maar makkelijk is het niet.’

‘Jullie zijn allebei niet makkelijk voor elkaar.’

‘Ze gunt me gewoon niet dat ik het naar m’n zin heb, lijkt het wel,’ zuchtte Joop.

‘Misschien zegt Hannie wel hetzelfde van jou.’

‘Misschien wel, ja,’ moest Joop toegeven.

‘Iets anders trouwens,’ zei Theo, ‘we hebben gisteren afgesproken om oud en nieuw met z’n allen te vieren. We weten alleen nog niet waar.’

Joop veerde op.

'Weet je,' bekende hij zijn vriend, 'ik had eigenlijk helemaal niet zo'n zin in dat hele overwinteren en Hannie was juist enthousiast. En nu begin ik het steeds leuker te vinden en Hannie steeds minder. Gelukkig heeft ze wel al toegezegd dat ze de volgende keer weer meegaat als we iets met z'n allen gaan doen. Ik hoop dat ze woord houdt.'

Met Hannie boos op de kamer en Cobie ziek in bed drong het ineens tot de twee vrienden door dat ze de rest van de dag voor zichzelf hadden. Joop stelde voor om eerst koffie te gaan drinken, daarna een Thaise massage te nemen en af te sluiten met een biertje op de boulevard. Tussendoor konden ze dan even bij de vrouwen langsgaan om belangstellend te informeren naar hun welbevinden.

Theo stemde onmiddellijk in.

* * *

De volgende ochtend trof Hannie voorbereidingen voor een handwasje. Ze selecteerde een paar bloesjes van zichzelf en controleerde de zakken van een broek van Joop die ze in de was wilde doen.

'Wat is dit?' Ze hield een bonnetje omhoog.

Joop lag op bed voor een klein dutje en deed alsof hij sliep.

Hannie schudde aan zijn schouder. 'Wat is dit?'

Joop overwoog even zich van de domme te houden, maar besloot toen voor de confrontatie te kiezen.

'Dat is een bonnetje.'

'Ja, dat zie ik ook wel. Maar het is een bonnetje van een massage. En het zat in jouw zak.'

'Nou en?'

'Een of andere stiekeme seksmassage voor vijfenveertig euro en jij zegt "nou en"?' brieste Hannie.

Joop kwam overeind van het bed. 'Het was een gewone massage, zonder seks. Misschien zou jij er ook eens een moeten nemen om een beetje te ontspannen.'

'Ik peins er niet over. Jezus, Joop, vijf-en-veertig euro! En wat een stiekem gedoe. Walgelijk.'

'Wat dacht je dan?' zei Joop. 'Dat ik zoiets aan jou ga vertellen? En dat jij dan zeker tegen mij zegt: "Natuurlijk, Joop, geniet er maar eens lekker van. Ik heb je tenslotte al in geen tien jaar meer aangeraakt."'

'Jij raakt mij ook nooit meer aan.'

'Dus ja, ik ben met Theo naar de Thaise massage geweest en het was heerlijk ontspannend en zonder seks.'

'Hoe vaak wel niet?'

'Twee keer,' loog Joop er een keer van af.

'Dat is negentig euro!'

Joop haalde zijn schouders op, ging weer liggen en sloot zijn ogen.

Dat maakte Hannie nog kwader. Ze beende de kamer uit en knalde de deur achter zich dicht. Zonder kloppen stapte ze bij Theo en Cobie naar binnen.

Cobie schrok op van haar tijdschrift.

'Weet jij hier iets van?' vroeg Hannie op hoge toon en ze hield het bonnetje omhoog.

'Wat is dat?'

'Het is een kassabon van een Thaise massage. Joop en Theo zijn twee keer naar de Thaise massage geweest.'

'O?'

'Is dat alles? "O?" Ze hebben bijna tweehonderd euro uitgegeven aan massages!'

'Kost dat zo duur?' vroeg Cobie verbaasd.

Ze riep Theo, die op het balkon zat en had gedaan alsof hij verdiept was in een folder van de plaatselijke Action.

'Ik hoor dat je met Joop bij de Thaise massage bent geweest. Dat had je wel eens kunnen zeggen, vriend, dan waren wij misschien wel meegegaan. Ik wil dat al jaren eens een keer proberen. Anneke gaat wel eens. Die vindt het heerlijk.'

Theo mompelde iets over dat ze onverwachts hadden besloten te gaan.

'Jaja, dat zal wel. De volgende keer gaan Hannie en ik mee, als je dat maar weet. Toch, Han?'

Hannie was met stomheid geslagen. Ze wist niets beters te doen dan instemmend te knikken.

* * *

Joop was na de middagboterham de drukkende stilte in hun hotelkamer ontvlucht. Al een paar dagen werden er niet meer dan de strikt noodzakelijke mededelingen uitgewisseld.

Hij had een wandelingetje aangekondigd en Hannie had, van achter haar boek, gemompeld: 'Je doet maar.'

Joop had even overwogen om Theo mee te vragen, maar had daarvan afgezien. Liever ging hij kijken of hij zijn nieuwe vriend Arie zou treffen op het terras van De Rode Walvis, waar die vaak 's middags een biertje dronk en uitkeek over zee.

Hij had geluk. Arie zat op het terras en keek uit over zee.

Ze groetten elkaar. Joop plofte met een diepe zucht op een terrasstoel naast de rolstoel van Arie.

'Kom je hier om te zuchten?' informeerde Arie.

'Nou, ik wil niet klagen, maar ik heb wel weer de nodige aanvaringen achter de rug de laatste dagen,' antwoordde Joop.

'Dus je wil niet klagen, maar je doet het wel?'

Joop keek verbaasd op.

Arie ging verder. 'Nog even en je gaat zeggen: "Mijn vrouw begrijpt me niet." Ik kan je vast verklappen: jij begrijpt jouw vrouw ook niet.'

'Jezus, Arie, ik had wel wat steun van je verwacht.' Joop was een beetje ontdaan.

'Ik steun je ook, vriend. Door te zeggen waar het op staat.'

'En waar staat het dan op?'

'Jij en je vrouw maken elkaar het leven zuur. En er is volgens mij geen hoofdschuldige aan te wijzen.'

Joops mond viel een stukje open.

'En ik zie ook geen echte oplossing,' ging Arie verder. 'Of, nou ja... alleen maar hele heftige oplossingen. Jij vertelde vorige keer dat je er wel eens van droomde om bij Hannie 's nachts een kussen op haar gezicht te drukken, of zoiets, dat is één oplossing. Een andere oplossing is dat je hier de zee in loopt en jezelf verzuipt.'

Joop zette enorme ogen op.

Arie keek hem ernstig aan en barstte toen in een schaterende lach uit.

'Je moest je eigen kop eens zien,' zei hij toen hij uitgelachen was. 'Ja, sorry, jongen, dat ik een beetje direct ben. Eerst maar eens een biertje voor de schrik dan?'

Ze bestelden een biertje en keken een tijdje zwijgend uit over zee.

'Je maakt er een grap van, maar je hebt wel gelijk. Je moet ermee leren leven of je kiest voor iets radicaals,' zei Joop toen peinzend. 'Na veertig jaar samen verander je niet meer.'

'Iets heel anders,' voegde Arie eraan toe, 'het schijnt nog niet zo makkelijk te zijn om jezelf te verdrinken. Ze zeggen dat je vanzelf gaat zwemmen als je de bodem niet meer voelt.'

Joop dacht dat de oplossing zou zijn om een paar stenen in je jaszakken te doen. 'Alleen heb ik geen jaszakken.'

Arie grinnikte. 'En om nou een nieuwe jas met grote zakken te kopen, alleen om jezelf te verzuipen, dat is pas echt zonde.'

Joop moest nu ook lachen. 'Doodzonde zelfs. Dat is het begin van het einde.'

'Alles is het begin van een einde,' zei Arie gewichtig. 'Geboren worden is het begin van het einde.'

Joop trok een sceptisch gezicht. 'Goh, meneer de professor, bent u in een filosofische bui?'

* * *

Een half uurtje later wandelde Joop van de boulevard terug naar hun hotel. Hij aarzelde. Rechtsaf was de kortste weg naar hotel Miramar, rechtdoor was een klein stukje om, maar dan liep hij langs het hotel waar Suze en Monique logeerden. Hij koos voor rechtdoor. Bij de ingang van hotel Paloma Dream vertraagde hij zijn pas en keek naar binnen.

'Zo, Joop, helemaal alleen aan de wandel?' klonk het achter hem. Joop schrok ervan.

Hij keek om. Suze en Monique kwamen juist aangelopen.

'Schrok je?' vroeg Monique lachend. 'Toch geen slecht geweten?'

'Waar zijn de anderen?' vroeg Suze.

'Af en toe alleen zijn kan geen kwaad. Even het hoofd door laten waaien,' zei Joop.

'Jammer, ik wilde je net uitnodigen voor een drankje aan de bar, maar ik wil het doorwaaien natuurlijk niet verstoren,' zei Suze met een ernstig gezicht.

'Nou...' Joop keek op zijn horloge, 'voor jullie zet ik het waaien graag even stop. Eén drankje moet wel kunnen.'

Ze gingen naar binnen, namen plaats aan een tafeltje in de bar van het hotel en bestelden een drankje.

'En, Joop, zeg eens, hoe bevalt het overwinteren?' vroeg Suze.

'Om eerlijk te zijn zag ik er nogal tegen op. Maar eigenlijk vind ik het steeds leuker worden.'

'Waar zag je dan tegen op?' informeerde Monique.

Joop aarzelde. 'Nou... zo lang met z'n tweeën in een hotelkamer wonen. Thuis heb ik zo mijn dingetjes. Tuintje. Knutselschuurtje.'

'Wij hebben expres twee kamers genomen, zit je niet de hele dag op elkaars lip,' zei Suze.

'Dat had ik ook wel gewild,' liet Joop zich ontvallen.

De dames keken even op, maar gingen er niet op in.

'En wat is je meegevallen hier?' vroeg Suze.

'De mensen. Ik ben eigenlijk bijna alleen maar aardige Nederlanders tegengekomen.'

Ze knikten instemmend en nipten tevreden van hun wijntje.

Een kwartiertje later meldde Monique dat ze naar haar kamer ging om haar boek uit te lezen.

'Zullen wij er nog eentje nemen dan?' haastte Joop zich aan Suze te vragen.

Ze aarzelde. 'Ik dacht eigenlijk dat jij weinig tijd had.'

'Eén drankje kan nog wel.'

'Goed dan. Eén wijntje nog.'

Monique vertrok en Joop bestelde nog een bier en een wijn.

Ze proostten. Er viel een stilte.

'En de anderen, wat vinden die van Benidorm?' verbrak Suze het zwijgen.

'Theo en Cobie zijn laaiend enthousiast.'

'En Hannie?'

'Hannie is Hannie, die is nooit enthousiast. Als ik haar met jullie vergelijk...'

'Klinkt een beetje als: mijn vrouw begrijpt me niet.'

'Nee hoor, zo, eh... bedoel ik het niet.'

Er viel opnieuw een stilte.

Joop aarzelde. 'Maar...'

'Maar wat?'

'Ik vind jou gewoon een hele leuke vrouw... en Monique ook natuurlijk.'

Suze keek Joop aan. Haar gezicht verraadde geen emotie. 'Ik vind jullie alle vier ook erg aardig.'

Joop haalde diep adem. 'Ik vind jou misschien wel iets meer dan aardig.'

'O?'

'Ja.'

Suze zocht even naar de juiste woorden. 'Ik vind jou een prima vent, Joop, maar ik denk dat dat het wel is.' Ze aarzelde even. 'En ik heb natuurlijk Monique.'

'Je hebt Monique?'

'Ja, we wonen samen.'

'Je bedoelt... Maar die man met die duiven dan?'

'Dat is een ex-man met duiven. Na onze mislukte huwelijken hebben we besloten dat we helemaal geen man meer nodig hebben. Ik wil daar niet geheimzinnig over doen, maar we hebben gewoon geen zin om dat elke keer weer uit te leggen.'

Joop knikte alsof hij het volkomen begreep, maar was intussen bezig van zijn verbazing te bekomen.

'Mensen hebben zo snel hun oordeel klaar,' vervolgde Suze.

'Ja, ja, nee, eh… nee, natuurlijk. Ik bedoel er ook niks mee, hoor, dat ik je heel aardig vind. Behalve dat ik je aardig vind dan.'

Joop had geluk dat het nogal donker was in de bar, want hij bloosde voor het eerst in veertig jaar.

'Gelukkig dat we elkaar begrijpen,' zei Suze en ze glimlachte vriendelijk naar Joop.

Hij hief zijn glas. 'Proost dan nog maar eens.'

Tien minuten later namen ze afscheid met een onhandige kus op de wang.

In de lift keek Joop naar zijn eigen spiegelbeeld en schudde zijn hoofd.

'Nou, Jopie, wat een afgang,' mompelde hij. 'Dat moesten we maar niet rond gaan bazuinen.'

* * *

De keuze van het gezelschap voor het oud-en-nieuwfeest was om logistieke en financiële redenen gevallen op hotel Miramar, omdat vier van de acht mensen daar logeerden. Gasten van het hotel hoefden namelijk maar vijftien euro voor de hele avond te betalen en kregen daarvoor elk vier consumptiebonnen. Voor gasten van buiten was het twintig euro.

De feestzaal opende om half negen zijn deuren en het feest zou om negen uur beginnen.

De zaal was nogal karig versierd. In elke hoek een klein plastic kerstboompje, aan de muren hier en daar een verdwaalde tak hulst en op de tafeltjes een papieren kersttafellaken en een kaarsje op batterijen.

Aan de korte kant van de zaal was een klein podium met daarop een keyboard, een gitaar op een standaard en een paar microfoons.

Klokslag half negen meldden Theo en Cobie zich aan de deur om de beste plek te kunnen claimen. Ze schoven twee tafeltjes in het midden van de zaal tegen elkaar, gingen elk aan een tafeltje zitten en legden tassen en jassen op de overige zes stoelen. Hier kon niets meer fout gaan. Een kwartier later kwamen Joop en Hannie binnen en iets voor negenen was met de komst van Monique, Suze, Arie en Stella het gezelschap compleet.

'Het feest kan beginnen!' riep Theo uitgelaten en hij zwaaide met het pakje consumptiebonnen. 'Ik regel de eerste paar rondjes.'

Hij nam de bestelling op. 'Drie bier en vijf witte wijn, dat is niet moeilijk voor de rest van de avond.'

Cobie en Hannie hadden hun onlangs aangeschafte kerstjurken weer aan, Theo en Joop droegen beiden een enigszins gekreukt pak, Stella een roze broekpak en Arie een feestelijke kersttrui met een eland. Suze en Monique hadden allebei een chique lange jurk aan met een decolleté dat nog maar net paste bij hun leeftijd. Hannie keek er misprijzend naar.

'Wat ziet iedereen er gewéldig uit!' riep Cobie.

Theo serveerde de drankjes.

'Op de laatste paar uurtjes van het jaar,' toostte Arie. Iedereen hief het glas en dronk.

Joop keek verbaasd naar Hannie. Ze klokte met twee grote slokken de helft van haar glas naar binnen.

De gastheer van het hotel maakte zijn opwachting op het podium. Hij stond even tevergeefs te mimen bij de microfoon, tikte er een paar keer tegenaan, riep '*test... one-two... test*' en hief zijn handen vragend omhoog naar iemand achter de bar. Op een teken van de barman begon hij weer te praten en nu knalden zijn woorden veel te hard de zaal in. Daarna klonk er een snerpende microfoonpiep. Mensen hielden hun handen voor hun oren.

'Nou, dat begint lekker,' zei Hannie en ze dronk haar glas leeg.

Na een paar minuten waren de problemen met de microfoon opgelost. De presentator stelde zich voor als Carlos en heette iedereen van harte welkom in het Spaans en in gebrekkig Engels.

'Wat zei hij?' vroeg Cobie aan Arie.

'Dat het feest helaas niet doorgaat.'

Cobie schrok. 'Nee? Echt?'

Arie schudde van het lachen.

'Nou... de toon is weer gezet, Arie Vestering,' zei Stella en ze gaf haar man het gebruikelijke klapje op zijn hoofd.

Het programma werd geopend door een goochelaar die langs de tafeltjes ging. In afwachting van zijn komst bij hun tafeltjes ging Theo nog maar een rondje halen.

De glazen werden opnieuw geheven.

Joop en Theo legden in een geanimeerd gesprek de beginselen van het sportvissen aan Monique uit, Cobie vroeg aan Arie of hij kon dansen in zijn rolstoel en Stella en Suze wisselden recepten uit voor oliebollen. Hannie keek voor zich uit en dronk van haar zoete witte wijn.

'Hoe maak jij oliebollen, Han?' informeerde Suze bij Hannie om haar erbij te betrekken.

'Ik bak geen oliebollen, ik koop er altijd twee. Voor twee oliebollen ga ik niet de hele keuken overhoophalen. En het hele huis stinkt nog dagen naar frituur.'

Inmiddels was de goochelaar bij hun gezelschap aangekomen. Hij begon in sneltreinvaart rode schuimrubber balletjes uit oren en neuzen te toveren. Cobie gierde het uit toen hij daarna een lange sliert zakdoeken ogenschijnlijk uit het decolleté van Suze tevoorschijn haalde.

Suze sloeg gemaakt onthutst haar handen voor haar borsten. 'Stop! Ik hou niks over.'

Iedereen lachte.

Daarna deed de goochelaar een paar trucjes met speelkaarten.

Ongeloof bij de mensen rond de tafeltjes.

Toen de goochelaar even later de portemonnee van Theo uit zijn eigen binnenzak tevoorschijn haalde en teruggaf aan de eigenaar, vielen de monden helemaal open.

Theo schudde zijn hoofd. 'Verdomme, ik zit er met mijn neus bovenop en toch snap ik er geen bal van. Ik heb echt niks gevoeld. Hoe doet-ie het?'

De goochelaar maakte tot besluit een sierlijke buiging en vertrok onder enthousiast applaus naar het volgende tafeltje.

'Ik had nog gehoopt op een konijn uit zijn hoge hoed,' zei Arie, 'maar dat heeft zeker de kerst niet overleefd.'

Theo meldde dat hij dorst had gekregen van de show en nam de bestelling op.

'Jij krijgt overal dorst van,' zei Cobie, 'maar mij gaat het te snel, zo haal ik twaalf uur niet. Ik sla een rondje over.'

Ook Stella, Monique en Suze, met elk nog een bijna vol glas voor zich, hoefden niet. Alleen Hannie knikte.

'Drie bier en een wijn dus?'

De presentator kondigde de band aan: '*Ladies and gentlemen: The Chico's.*'

Twee mannen op leeftijd betraden het podium. Zwarte broek,

zwart overhemd, glimmend rood giletje, gouden stropdas. Uit de zaal kwam een bescheiden applausje.

'*Good evening, Miramar, is everybody happy?*'

'Nou, dat is een beetje overdreven,' vond Arie, 'we zijn hier niet in De Kuip.'

De Chico's lieten zich niet ontmoedigen door de lauwe reacties. Ze straalden ondanks een lang en treurig artiestenleven in halflege zaaltjes een onverwoestbaar enthousiasme uit.

De drumcomputer werd aangezet en de eerste cover klonk: 'Hotel California'.

'Ze zingen best aardig,' vond Monique.

Meteen na de Eagles volgde een Weens walsje.

'Nou, dat is wat je noemt afwisseling,' gniffelde Stella.

De eerste paren betraden de dansvloer.

Een half uurtje later was de sfeer er aardig in gekomen. De Chico's toverden de ene verrassing na de andere uit hun keyboard en gitaar. De dansvloer stroomde vol, leeg en weer vol.

Theo nodigde Cobie met een elegante buiging uit voor een dansje. Arie vroeg Stella en rolde zijn stoel de dansvloer op. Daar compenseerde hij het ontbreken van pasjes met extra woeste armbewegingen, zo nu en dan afgewisseld met een pirouette van zijn rolstoel. Stella wiegde ingetogen elegant voor zijn stoel heen en weer. Ze dansten alsof niemand keek.

Joop keek naar Hannie. 'Heb je zin om te dansen?'

'Je weet dat ik niet van dansen hou,' antwoordde ze vlak, 'maar ga gerust je gang.' Daarbij knikte ze richting Monique en Suze.

Joop aarzelde. Toen stond hij op, leek even na te denken en vroeg ten slotte Monique ten dans.

Suze en Hannie zaten nu elk alleen aan een tafeltje en keken elkaar aan. Onverwachts stond Suze op en ging naast Hannie zitten.

'Gezellig, hè?'

'Gaat wel.'

'Hou je niet van dansen?'

'Ik kan niet dansen.'

'Natuurlijk wel, iedereen kan dansen,' probeerde Suze.

Hannie keek weg naar de dansvloer. 'Joop heeft ooit gezegd dat ik dans als een nijlpaard.'

'Dat is niet erg complimenteus. Terwijl het verder zo'n aardige en charmante man is.'

'Vind je?' vroeg Hannie en ze keek Suze doordringend aan.

'Nou… ik ken hem natuurlijk niet zo goed als jij.'

'Nee, dat klopt.'

Er viel een lange stilte. Ze keken naar de paren op de dansvloer.

'Zal ik voor ons tweeën nog een wijntje halen?' stelde Suze voor.

Hannie knikte.

Cobie keek op haar horloge. 'Nog anderhalf uur.'

Hannie keek haar vriendin lodderig aan en knikte. Daarna richtte ze haar blik weer op de dansvloer. Daar danste Theo met Monique en Joop met Stella. Ze zongen hard en vals mee met 'Dancing Queen'. Theo kon aardig dansen, Joop bewoog Hollands houterig en vloog geregeld uit de maat. De dames dansten net iets te overdreven.

Hannie nam een slok uit het glas van Cobie.

In de pauze van de band trad een kale jongleur op met knotsen en balletjes. Regelmatig ontglipte hem een kegel of rolde er een balletje onder een tafel. Dan trok hij een vermoeide grimas, raapte het gevallen voorwerp op en sloot het onderdeel maar meteen af met een buiging. Er werd beleefd geklapt.

Theo haalde nog een rondje bier en wijn. Een ober zette een bakje olijven en een schaaltje chorizo op tafel.

Cobie stootte Hannie aan. 'Wakker blijven, schat. Nog twintig minuten.'

De band was weer gaan spelen. De dansvloer was vol uitgelaten mensen. Theo deed een wheelie met Arie in de rolstoel, Arie zelf klapte in zijn handen. Joop stond op de dansvloer met Monique, Suze en Stella. De dames dansten plagerig om hem heen. Joop zweette en deed zijn best iets stoers uit te stralen. Het was lang geleden dat hij in het middelpunt van de belangstelling had gestaan. Een jaar of veertig. Hij genoot.

Soms keek hij vanuit een ooghoek even naar zijn vrouw. Zij staarde voor zich uit. Cobie streelde zacht haar arm.

'*Señores y señoritas, ladies and gentlemen, only two minutes old year left!*' riep ceremoniemeester Carlos enthousiast door de zaal. De obers schonken intussen aan de tafeltjes voor iedere gast een glas cava in.

Er heerste een vrolijke uitgelatenheid in de zaal. De meeste gasten waren inmiddels behoorlijk aangeschoten.

'*One more minute!*' riep Carlos.

Iedereen ging staan en nam het glas bubbels in de hand. Theo en Arie hadden een biertje in de andere hand. Alle mensen keken naar een groot televisiescherm met een klok met secondewijzer.

Hannie probeerde op te staan, maar viel weer terug in haar stoel. Het grootste deel van de cava ging over haar feestjurk, maar niemand zag het.

Carlos begon bij dertig seconden af te tellen: '*Thirty*, *twenty-nine*, *twenty-eight...*'

De combinatie drank en aftellen in het Engels was veel gasten te machtig. De tafels met Nederlanders gingen over in het Nederlands, Spanjaarden telden af in het Spaans en hier en daar klonk Duits.

'Tien, negen, acht...' brulde Arie alsof hij iedereen wilde overstemmen.

Een kakofonie van tellen in alle talen.

'Drie, twee, een...'

Er ging een oorverdovend gejuich op.

Overal vielen mensen elkaar in de armen. Cobie knuffelde Theo, Stella was bij Arie op schoot gaan zitten en Monique en Suze omhelsden elkaar. Joop stond alleen en keek ernaar. Toen draaide hij zich om en zocht Hannie. Ze zat in haar stoel, niet bij machte overeind te komen. Ze huilde. Joop boog zich voorover en gaf haar een kus op de wang.

'Gelukkig nieuwjaar, Han.'

'Ik wil naar huis,' fluisterde ze nauwelijks verstaanbaar.

'Wat zeg je?'

'Ik wil naar huis,' zei Hannie nu harder.

'Ik breng je zo naar onze kamer. Eerst even iedereen gelukkig nieuwjaar wensen.' Hij liep van haar weg richting de anderen.

'Ik wil naar huis!' schreeuwde Hannie nu met overslaande stem en dubbele tong. Iedereen keek naar haar.

'Ik wil naar huis,' zei Hannie nogmaals, nu heel zacht. Ze probeerde op te staan, wankelde, viel opzij en kletterde met stoel en al tegen de grond.

* * *

Het was de ochtend van 1 januari. Joop schoof de gordijnen van de hotelkamer open. Hannie verborg haar hoofd onder het dekbed.

'Gaat het een beetje?' informeerde Joop.

'Nee.'

'Ik ga ontbijten,' deelde hij mee.

Er kwam geen antwoord.

Even later liep hij de ontbijtzaal in en trof daar Cobie en Theo.

'Hoe is het met Hannie?' informeerde Cobie.

'Slecht. Ze heeft een kater, denk ik,' antwoordde Joop.

'Dat verbaast me niks,' zei Theo. 'Ik heb haar nog nooit zo veel zien drinken. Ze dronk ook de glazen van anderen leeg. En toen knalde ze ook nog tegen de grond, arm kind. Ik hoop voor haar dat de zwarte doos van gisteravond nooit gevonden wordt.' Hij moest er zelf om grinniken.

Cobie schudde vol medelijden haar hoofd. 'Wilde ze nou naar huis, Joop?'

'Ik denk dat ze naar haar kamer wilde,' loog Joop.

* * *

'Het kan gewoon niet. Er zitten Japanners in ons huis,' zei Joop driftig.

Hij ijsbeerde door de kamer. Hannie zat met haar hoofd in haar handen op de rand van het bed.

'Tot wanneer zitten die er dan?' vroeg Hannie.

'Tot 14 januari, dus nog twee weken. 15 januari vliegen we naar huis.'

‘Dat hou ik niet vol. Ik wil naar huis. Ik kan er niet meer tegen.’

‘Waar kan je niet meer tegen?’

‘Al die mensen. Deze kamer. Dat geflirt van jou en die Suze. Dat eten hier. Alles!’

‘Jij wou toch zo graag naar de zon?’

‘Ja, en nu niet meer.’

‘Het kan gewoon niet. We hebben een verhuurcontract getekend.’

‘Dan ga ik wel naar mijn zus.’

‘Die ziet je aankomen.’

Hannie zocht in haar handtas naar haar telefoon. Even later belde ze het nummer van haar zus.

‘Hallo Mieke, met Hannie… ja… nou, gaat wel… of eigenlijk gaat het niet.’

Ze luisterde even en onderbrak toen haar zus.

‘Ik leg het je later wel uit allemaal. Ik wilde eigenlijk vragen of ik twee weekjes bij jou kan logeren.’

Hannie luisterde en langzaam betrok haar gezicht.

‘Ook niet in het kleine kamertje?’ vroeg ze met een benepen stemmetje.

Ze luisterde, knikte een paar keer langzaam, zei gedag en legde de telefoon naast zich op het bed.

‘En?’ informeerde Joop.

‘Het kan niet,’ antwoordde Hannie toonloos en ze legde uit dat de dochter van haar zus tijdelijk met haar zoontje weer bij haar moeder woonde. ‘Ze ligt in scheiding, en het huis staat op zijn naam, dus is ze tijdelijk weer thuis gaan wonen en is er geen plek voor mij.’

Minutenlang werd er gezwegen. Hannie was gaan liggen en had het dekbed over zich heen getrokken. Joop zat in een stoel en staarde voor zich uit. Na een kwartier stond hij op en liep naar de deur.

'Ik ga een stukkie lopen.'

Hij stond al in de deuropening toen Hannies stem klonk: 'Joop?'

'Ja?'

'Wil je alsjeblieft een beetje aardiger tegen me doen? Een klein beetje maar?'

Hij draaide zich om en keek naar het hoopje ellende op het bed.

Even was het stil.

'Ik ga het proberen,' zei hij toen en hij stapte de gang op.

* * *

'Ik heb eens goed om me heen gekeken, maar de dagbesteding van bijna alle overwinteraars bestaat voor het grootste deel uit eten en drinken. Ook die van ons.' Arie nam nog een slok. 'Je begint 's morgens met ontbijten. Dan ga je ergens koffiedrinken. Even wandelen om het ontbijt en de appeltaart te laten zakken. Lunchen. Uitrusten met een boekje en daarna op naar een terrasje voor een paar drankjes tot het tijd is voor het avondeten. Daarna uitbuiken met een kopje koffie en tot slot een drankje aan de bar om het af te leren en naar bed. Niet bepaald een rijk leven.'

Joop dacht na. 'Dat is thuis ook al een beetje zo sinds ik ben gestopt met werken. Ik vond het helemaal niet leuk om met pensioen te gaan. Je wereld wordt zo klein. Mijn wereld in ieder geval. Je kan toch niet elke dag acht uur knutselen of tuinieren.

En hier is het nog erger, omdat je hier niet eens kan knutselen en tuinieren.'

'Over een kleine wereld gesproken: wat denk je van mij, in die rolstoel. Dat is pas een kleine wereld. Ik zoek me een ongeluk naar een tijdsbesteding, naar het gevoel nog een beetje nuttig te zijn. Ik ben nu op zoek naar vrijwilligerswerk, maar als ze zien dat ik in een rolstoel zit, denken ze dat ik hulp kom halen in plaats van brengen.'

'We zitten weer te klagen en te piepen, Arie.'

'Goed dat Stella er niet is, die geeft me dan op mijn flikker.'

'Als ik terug ben in Nederland ga ik ergens een baantje als vrijwilliger zoeken. Iets in de zorg of zo. Mensen in een rolstoel rondrijden bijvoorbeeld.' Joop grijnsde naar Arie.

'Oké, dan neem ik me voor om iets te gaan studeren,' zei Arie.

'Wat?'

'Geen idee. Ik heb alleen lts, dus er is genoeg waar ik nog totaal geen verstand van heb. Dan begin ik met iets eenvoudigs, kwantummechanica bijvoorbeeld.'

'Zullen we elkaar een beetje scherp houden het komend jaar?'

'Goed idee. Weet je wat? Komen jullie dit voorjaar een keer naar Rotterdam. Sturen we de dames naar de Coolsingel en gaan wij op een terrasje evalueren of we een beetje vooruitgang hebben geboekt.'

Joop knikte. 'Die vooruitgang zal nog niet meevallen. Als ik terugkijk in de tijd zie ik dat ik al jaren in zijn achteruit sta.'

'Dus... effe schakelen, Joop. Niks te verliezen.'

'Laten we daarop proosten. En dan komen jullie van de zomer barbecueën op mijn volkstuin.'

'Ja, lekker met gegrilde groenten van eigen grond.'

Joop keek Arie verbaasd aan. 'Huh?'

Er volgde een bulderende lach. 'Nee, natuurlijk niet. Lekkere vette worsten!'

* * *

De overwintering in Benidorm zat er bijna op. Over drie dagen zouden ze terugvliegen naar Schiphol. De gedachte dat ze binnenkort weer in haar eigen huis in Amstelveen zou slapen had bij Hannie enige ontspanning gebracht.

Ze had een laatste handwasje gedaan in de wasbak van hun hotelkamer, wrong een paar sokken, onderbroeken en shirtjes uit en deed ze in een plastic emmer die ze speciaal voor dit doel had gekocht.

'Wil je me even helpen, Joop?'

'Waarmee?' informeerde hij zonder op te kijken van de televisie, waarop een voetbalwedstrijd uit de Spaanse competitie werd uitgezonden.

'Even de was aangeven.'

'Kan dat niet wachten tot de rust?'

'Jezus, Joop, je zit al uren voetbal te kijken. En ik vraag drie minuten van je. Is dat weer te veel?'

Joop sloot even zijn ogen en stond daarna langzaam op uit zijn stoel.

Hannie liep voor hem uit naar het balkon en zette de emmer naast het krukje, dat ze bij de waslijn had neergezet. Met één hand hield ze zich vast aan de reling en ze stapte voorzichtig op het krukje.

Joop was achter haar aan gesloft en pakte een nat hemdje uit de emmer. Hij wierp een blik over de reling.

Hannie stak een hand naar achteren, pakte het wasgoed ongezien aan en hing het iets boven haar hoofd op aan twee knijpers. Ze stak opnieuw haar hand naar achteren.

Joop stond nu recht achter haar en keek naar haar billen en rug.

Hannies hand wapperde ongeduldig naar achteren om nieuw wasgoed aan te pakken.

Joop haalde diep adem.

Cobie en Theo liepen ongeduldig naar de uitgang onder het bord NIETS AAN TE GEVEN. Toen de deuren naar de ontvangsthal openschoven, ging er een gejuich op. Daar stond een heus ontvangstcomité van kinderen en kleinkinderen. Dylan en Stanley hielden trots een oud laken omhoog met daarop in hanenpoten WELKOM TUIS OMA KOBIE EN OPA TEJO. Dylans kleine zusje fietste op haar driewieler heen en weer onder het spandoek door.

Cobie sloeg haar handen voor haar mond en hobbelde daarna met haar enorme rolkoffer zo snel mogelijk naar ze toe om iedereen uitgebreid te knuffelen.

'O, schatjes van me, wat heb ik jullie allemaal gemist.' Ze veegde met de mouw van haar jas een paar tranen weg.

Theo lachte breed. 'Hallo allemaal, wat een verrassing.' Zijn stem sloeg een beetje vreemd over. Een voor een tilde hij zijn kleinkinderen hoog in de lucht. Er werd vrolijk gegild en gelachen.

Achter hen gingen de schuifdeuren opnieuw open.

Hannie en Joop kwamen, met hun koffers en de kooi met daarin Basje, de hal binnen, liepen om het hekje heen dat reizigers en ophalers scheidde en bleven zwijgend staan, op een paar meter afstand van het gezelschap rond Cobie en Theo.

Het duurde even voor die hun reisgenoten in de gaten kregen.

'O, schatjes toch,' riep Cobie, 'is er dan niemand...' Ze slikte de laatste woorden in.

Hannie en Joop liepen aarzelend naar het groepje toe. Een paar onhandige kussen van Wesley en Anneke, de kinderen van Cobie en Theo, een hand van schoonzoon en schoondochter.

'Geven jullie oma Hannie eens een dikke pakkerd,' moedigde Cobie haar kleinkinderen aan. Na enig aandringen werd het driemaal een slap kinderhandje.

Daarna stonden ze ongemakkelijk zwijgend bij elkaar.

'Hoe gaan jullie naar huis?' informeerde Theo.

'Eh... gewoon met de trein en de bus,' antwoordde Joop.

Wesley keek om zich heen en telde het aantal mensen. 'We willen jullie best een lift geven, maar ik ben bang dat het dan wel erg proppen wordt met ook nog vier grote koffers.'

'Nee hoor, nergens voor nodig,' haastte Hannie zich te zeggen. 'Wij gaan met het ov, wel zo makkelijk.'

'Weten jullie het zeker?' vroeg Theo.

'Tuurlijk. Het is na de trein nog maar drie haltes met de bus.'

Het hele gezelschap liep richting de uitgang. Daar scheidden zich de wegen.

Cobie en Theo omhelsden Hannie en Joop.

Theo sloeg Joop op zijn schouder. 'Dat was gezellig, pik. Bedankt.'

'Zeker, zeker,' beaamde Joop, 'en nu gauw weer vissen.'

'Uiteraard,' zei Theo, 'misschien morgen, als het een beetje weer is.'

'Het was echt heerlijk, meid,' kirde Cobie tegen haar vriendin.

Hannie knikte vaag.

Daarna gingen ze elk een kant op.

Bij de draaideur draaide Cobie zich nog een keer om, zwaaide en gilde door de hal: 'Volgend jaar weer naar Benidorm!'

* * *

Joop en Hannie zaten zwijgend in de bus naar Amstelveen. Hannie had de kooi met de kat op schoot. Buiten regende het zachtjes.

'Ze drongen ook niet echt aan om ons weg te brengen,' zei Hannie, terwijl ze naar buiten staarde.

'Nee.'

De bus stopte bij hun halte en ze stapten moeizaam uit met hun koffers en de kat. Zwijgend ratelden ze door hun straat. Een ouder echtpaar keek ze wantrouwend na.

'Die denken dat we toeristen zijn,' mompelde Joop.

'Ik hoop dat alles een beetje netjes is achtergelaten,' zei Hannie toen ze hun huis naderden.

Voor de deur stond Joop nadenkend stil. 'Waar heb ik die sleutels ook alweer gelaten?'

Hannie beet op haar lip en keek een andere kant op.

In de vierde zak vond Joop zijn sleutels.

Even later plofte hij met zijn jas aan in zijn stoel. 'Je eigen stoel zit toch het lekkerst.'

Hannie keek onderzoekend rond.

'Meer dan de helft van de planten is dood,' constateerde ze somber. 'Heb ik overal briefjes neergelegd hoe je ze moet verzorgen, is toch de helft dood. Die Chinezen weten niks van planten.'

'Japanners. Het waren Japanners en misschien konden ze geen Nederlands lezen.'

'We moeten een schadeclaim indienen bij dat bedrijf.'

'Met "we" bedoel je zeker mij?'

Daar ging Hannie niet op in.

'Ik ga de koffers uitpakken en een wasje draaien,' zei ze.

'Ik ga effe naar mijn schuurtje,' mompelde Joop als antwoord.

Hannie keek met een lege blik naar haar man, draaide toen langzaam haar hoofd weg en staarde door het raam.

Joop kwam moeizaam uit zijn stoel, wierp een korte blik op zijn vrouw en slofte toen naar de deur.

'Je hebt je goeie goed nog aan,' zei Hannie zonder zich om te draaien.

‘Ik ga alleen maar rondkijken.’

De motregen zorgde voor kleine druppeltjes op het raam.

‘Wil je straks thee?’

Er kwam geen antwoord. Joop was de kamer al uit.